The Butterfly Book
Das Schmetterling Buch

DAS SCHMETTERLING BUCH

A book for children, teens and adults.
Ein Kinder-und Jugendbuch auch für Erwachsene.

Doris Garrett M.C.L.C.

Owner of :
Ocean Soul Life Coaching
Separation Recovery Coach

www.dorisoceansoul.com

Copyright © Doris Garrett M.C.L.C.

All rights reserved. No part of this book may be reproduced in any form or by any electronic or mechanical means, including information storage and retrieval systems, without permission in writing from the publisher, except by reviewers, who may quote brief passages in a review.

ISBN: 978-1-64921-217-7 (Paperback Edition)
ISBN: 978-1-64921-218-4 (Hardcover Edition)
ISBN: 978-1-64921-216-0 (E-book Edition)

Some characters and events in this book are fictitious. Any similarity to real persons, living or dead, is coincidental and not intended by the author.

Book Ordering Information

Phone Number: 347-901-4929 or 347-901-4920
Email: info@globalsummithouse.com
Global Summit House
www.globalsummithouse.com

Printed in the United States of America

For Sarah and Kiana

Für Sarah und Kiana

Contents

How the Caterpillar became a Butterfly 1
Wie aus der Raupe ein Schmetterling wurde 8

Edgar the Butterfly 16
Edgar der Schmetterling 19

I will send you a Butterfly 23
Ich schicke dir einen Schmetterling 29

The Butterfly and the Bumblebee 36
Der Schmetterling und die Hummel 38

The Star and the Caterpillar 42
Der Stern und die Raupe 69

How the Caterpillar became a Butterfly

In a time when human beings could talk with the animals, and the animals with human beings, there lived a girl named Sarah. Sarah sat in a meadow covered with flowers. The wind played with the leaves of the trees, and it looked like the flowers sang a song to the sun.

Sarah was watching the birds, and she loved to listen to them. Oftentimes they sang wonderful songs, some of them were funny, others were sad, and some were about friendship. Those songs she especially loved.

She was watching a glittering beetle whizzing by her. "Good day," Sarah said to him in a friendly voice. The beetle stopped briefly, nodded to Sarah, and continued rushing along.

It looked like he was in a real hurry. Oops, there they were again, those funny squirrels hopping from tree to tree, and teasing each other. "I am first on the bough!" she heard the squirrels say while another shouted, "I have collected more nuts than you!" Sarah laughed.

Suddenly, she saw a creature she had never seen before. It had many feet and was covered in hair all over. It was green and brown, and had big, dark eyes. It was sitting on the leaf of a red flower next to her.

"Who are you?" Sarah asked. "I have never seen such an ugly creature as you." "I am a caterpillar," replied the creature "And who are you?" "I am a girl, and my name is Sarah," she called. "What are you doing here?" she asked quite astonished. "I am hungry, and I am eating a piece of this leaf," said the caterpillar and began to nibble on the leaf. "But you can't do that, for then the wonderful flower will miss one of her leaves," shouted Sarah excitedly.

The caterpillar looked surprised at Sarah, and went on to say, "I have asked the flower for her permission, and she has agreed to it, and in appreciation for her generosity I have recited a poem for her. After I have finished eating I will thank her again. You must know that I respect and honor the plants greatly for they are very good to us animals and human beings. They don't mind giving us presents." Sarah thought about this for a while remembering that she had an apple tree in front of her house.

Each year it had the best apples, and had already for many years. And then there was the rose bush in front of her kitchen window. There, the most beautiful roses flowered year after year. "Yes," Sarah thought, "the plants really do give us gifts."

She had never really seen it that way before. Sarah continued watching the caterpillar with great interest. Only when she started to feel cold did she notice that the sun was about to set. She said good-bye to the caterpillar and ran home.

The next day Sarah could hardly wait to see the caterpillar again. "Caterpillar, caterpillar, where are you? I have a question," one could hear her shout already from afar. The caterpillar was on a rock enjoying a sunbath. She straightened herself up and said, "Good day Sarah, what can I do for you?"

"Why did you recite a poem for the flower? Why a poem?" Sarah wanted to know. To which the caterpillar answered, "You could also sing a song for her. Or you could tell her a story. The plants can feel your love, and they love it when you give them your time. Come! Over there is a beautiful beech tree. Let us recite a poem for him." And immediately the caterpillar began to think of a poem:

You, dearest beech tree
As you are standing here,
Beautiful and tall,
Your power inspires us all.
Home to many animals you are,
And the magic that surrounds you holds us in awe.
When the sun shines through your branches so fully ignited,
Everyone can feel that heaven and earth are united.
Our eyes may not see,
But our hearts can feel,
You are the best companion here.
To our greatest joy, your power is passed to us all,
Here I now stand, although not as tall,
But fully well knowing,
That this, my poem, adds to your glowing.

Sarah laughed. She enjoyed listening to the caterpillar. The caterpillar was a good poet, and her words came from the heart. Sarah and the caterpillar were sitting on the rock for a long time enjoying each other's company.

And so it was that Sarah and the caterpillar spent many beautiful afternoons together. Oftentimes their laughter could be heard way beyond the valleys. Many times even the birds would stop chirping, listening to Sarah and the caterpillar reciting poems.

One afternoon Sarah said, "You know caterpillar, when I first saw you I thought you were very ugly. But now that I have gotten to know you, you have become my best friend. I no longer think of you as ugly. On the contrary I find you very beautiful. You are very funny, and I have become very fond of you."

"Hmm," thought the caterpillar, "Interesting! We, the animals, are supposed to be beautiful or ugly? You human beings do think somewhat differently from us animals. With animals the only thing that counts is how you treat us. When human beings treat us well, then they are beautiful. Some even glow. But when they abuse us, then they are ugly, and some even have dark shadows surrounding them.

Just think! Have you ever found a human being beautiful who squashed a worm on purpose, or who is throwing pebbles at birds? On the other hand, have you ever found a human being ugly who kindly carries a snail across the road into the meadow, or is lovingly caressing a cat?"

"Well no, how right you are," Sarah replied thoughtfully, feeling somewhat embarrassed that her thinking had been so superficial. She suddenly realized that it made her happy that the caterpillar was her friend. She could learn so much from her, and although the caterpillar was only very little, she could tell that the caterpillar was much smarter than her.

"If only we human beings would listen to the animals more often, we would be all the more sensible," she thought. As many times before Sarah and the caterpillar simply sat on the big rock looking beyond the clouds into the world until it was time for Sarah to go home.

Several afternoons passed until Sarah noticed that the caterpillar seemed to be tired often. "What's going on with you? You are looking so tired again. And the last time when we played hide and seek I noticed that you nearly fell asleep. What's happening to you?" Sarah asked the caterpillar in a desperate, and alarming voice, "Are you sick?"

The caterpillar looked long at Sarah. "Sarah," she began, "my time is slowly coming to an end. Soon I will be saying good-bye to you and will be sleeping for a long time." "How long?" Sarah wanted to know, and with a trembling voice she shouted, "I will wait for you."

The caterpillar replied, "I don't know whether I will wake up again. I am only a small caterpillar. I had the good fortune to get to know you, and to spend a wonderful time with you. For this I am very grateful.

There are many caterpillars that aren't so lucky. I want you to go home now, I have something to finish. We will see each other tomorrow." Sarah ran home. Her eyes were filled with tears. "No, no, this cannot be, she is my best friend," she thought over and over again.

During the same time the caterpillar built a cover knowing that tomorrow she would slip into this cocoon to sleep.

The next day Sarah arrived much earlier than usual. She was really unsettled. The caterpillar was already waiting for her on the big rock. "I don't want you to go to sleep," Sarah said,

"What shall I do without you? You are my best friend."

Sarah sat down next to the caterpillar and looked at her in great despair. "Please, please don't go to sleep," she begged. The caterpillar too had a very heavy heart for she loved Sarah just as much.

"Dear Sarah, you too are my best friend. So keep our friendship in your heart. And remember, I was the happiest caterpillar in the whole wide world, for I had you as my friend. I built myself a cocoon yesterday, and now it is time that I slip into it and go to sleep. Good-bye Sarah." The caterpillar felt tears coming into her eyes, and went into her cocoon.

Sarah cried, "Good-bye caterpillar, I shall miss you very much." Neither Sarah nor the caterpillar had noticed all of the birds, squirrels and other animals that surrounded them. They too were very sad. Sarah watched how the caterpillar closed the cocoon. And after this was done, she very cautiously took the cocoon into her hands, big tears streaming down her face. "Caterpillar, I do love you very much," she repeated over and over.

God had already watched them for a long time, and knew of their love for each other, and that Sarah's friendship to the caterpillar was based upon pure love. He had an idea, and so it was then and there that God decided to bless one of Sarah's tears.

When this blessed tear passed through the cocoon, and touched the caterpillar it was like the earth came to a halt.

No wind could be felt. No sound could be heard. It was like time no longer existed.

Suddenly Sarah noticed the cocoon moving. She froze. What was happening? The cocoon began to move more and more vigorously. Slowly it opened, and a beautiful creature emerged. It had two wings but was not a bird, and it was larger than a fly.

Its wings were gleaming in all colors, and the creature flew from Sarah's hand onto the big rock. Sarah rubbed her eyes. Taken aback she looked at this creature.

Suddenly she exploded into a cry of joy. "Caterpillar, caterpillar, is it you?" She shouted recognizing the caterpillar's big eyes and her beautiful smile. "Yes," the caterpillar replied, "look how beautiful I am, and I can fly!"

The birds wanted to know, "Caterpillar, what happened to you?" And one of the squirrels shouted with great delight: "Listen everyone, Sarah's friend is no longer a caterpillar. Look how beautiful she has become." All of them stared at the beautiful creature sitting on the big rock lovingly looking at Sarah.

And the caterpillar said, "Sarah, because of your true friendship, and your love, I have become beautiful, and so I am asking you to give me a new name."

Everyone looked curiously at Sarah who was smiling all over her face. She was so happy that her best friend was with her again. And so she thought for a moment, and then announced, "Butterfly is a beautiful name, don't you think? And so I shall call you butterfly." "Yes," the caterpillar responded and shouted happily to the world, "My name is now butterfly."

The birds, the squirrels, and all of the other animals that were there started clapping their hands. "Butterfly, butterfly," one could hear from all sides. "Look here, the caterpillar became a butterfly," they all shouted excitedly. Sarah and the butterfly were laughing with great joy, and immediately the butterfly began to recite a poem.

It's hard to believe
But come, listen, and see!
Look at what happens when love is abound.
A caterpillar I was, little and round,
Not especially beautiful, but my heart was pure.
Hear for yourself how truelove became my cure.
There was this girl, not caring about my looks,
And her love, which is why I now can fly over valleys, and brooks.
Come, and be amazed.
I sure am truly crazed,
About this magical transformation that has taken place,
And all because love and friendship were abound.
So watch out! And witness love's miracles, which are all around.

Everybody was laughing while the butterfly sat on Sarah's shoulder, tickling her ear with her wings. Oh, how happy they both were.

God smiled from the heavens, and decided then and there that from that day forward all caterpillars would become butterflies.

Wie aus der Raupe ein Schmetterling wurde

In der Zeit als die Menschen mit den Tieren und die Tiere mit den Menschen reden konnten, lebte ein Mädchen namens Sarah.

Sarah saß in einer Blumenwiese. Der Wind spielte mit den Blättern der Bäume und es sah so aus, als ob die Blumen der Sonne ein Lied vorsangen.

Sarah beobachtete die Vögel. Sie hörte den Vögeln sehr gerne zu. Oft sangen sie wunderschöne Lieder. Es waren lustige Lieder, traurige Lieder oder Lieder über die Freundschaft. Diese mochte sie besonders gern.

Sie beobachtete gerade einen glitzernden Käfer, der an ihr vorbei huschte.

„Guten Tag", sagte Sarah freundlich zu ihm. Der Käfer blieb kurz stehen, nickte Sarah zu und ging schnell weiter. Er hatte es wohl sehr eilig.

Oh, da waren sie wieder, die lustigen Eichhörnchen. Sie hüpften von Baum zu Baum und neckten sich gegenseitig. „Ich bin zuerst auf dem Ast! Ich habe mehr Nüsse als du!", hörte sie die Eichhörnchen rufen. Sarah lachte.

Plötzlich sah sie ein Wesen, das sie noch nie zuvor gesehen hatte. Es hatte viele Füße und überall Haare. Es war grün und braun und es hatte große dunkle Augen. Es saß neben ihr auf dem Blatt einer roten Blume.

„Wer bist du?", fragte Sarah, „Ich habe so ein hässliches Wesen wie dich noch nie gesehen." „Ich bin eine Raupe und wer bist du?" „Ich bin ein Mädchen und heiße Sarah. Was machst du hier?", fragte sie erstaunt. „Ich habe Hunger und esse ein Stück von diesem Blatt." Und schon begann die Raupe an dem Blatt zu knabbern. „Aber das darfst du nicht. Die schöne Blume hat dann ein Blatt weniger", rief Sarah aufgeregt.

Verwundert sah die Raupe Sarah an. „Ich habe die Blume doch um Erlaubnis gefragt. Sie hat es mir erlaubt und ich habe ihr dafür ein Gedicht aufgesagt. Wenn ich fertig gegessen habe, werde ich mich bei ihr bedanken. Die Pflanzen sind sehr gut zu uns Tieren und euch Menschen. Es macht ihnen nichts aus, uns zu beschenken. Ich respektiere und ehre die Pflanzen sehr." Sarah dachte eine Weile nach. Sie hatte einen Apfelbaum vor ihrem Haus. Er hatte jedes Jahr die besten Äpfel und das schon viele Jahre lang. Und da war noch der Rosenstrauch vor dem Küchenfenster. Da blühten immer wieder die herrlichsten Rosen. Ja, dachte Sarah, die Pflanzen beschenken uns wirklich. So hatte sie das noch nie gesehen.

Sarah beobachtet die Raupe. Es war sehr interessant der Raupe zuzusehen.

Erst als ihr kalt wurde, merkte sie, dass die Sonne schon unterging. Sie verabschiedete sich von der Raupe und lief nach Hause.

Am nächsten Tag konnte es Sarah kaum erwarten die Raupe wieder zu sehen. „Raupe, Raupe wo bist du? Ich habe eine Frage," hörte man sie schon von Weitem rufen. Die Raupe sonnte sich gerade auf einem Stein. Sie richtete sich auf und sagte: „Guten Tag Sarah, was kann ich für dich tun?"

„Warum sagst du der Blume ein Gedicht auf? Warum ein Gedicht?", wollte sie wissen. Die Raupe antwortete ihr: „Du kannst den Pflanzen auch ein Lied vorsingen. Du kannst ihnen auch etwas erzählen. Sie mögen es gerne, wenn du dir Zeit für sie nimmst. Die Pflanzen spüren deine Liebe zu ihnen. Komm, dort drüben steht eine schöne Buche. Lass uns ein Gedicht für sie aufsagen. Und schon begann die Raupe zu dichten:

Du Buche.
Groß und schön stehst du da,
bist ein zu Hause für viele Tiere, nicht wahr.
Wenn die Sonne durch deine Äste scheint,
sieht man ganz genau, dass Himmel und Erde sind vereint.
Wir können es nicht sehen, doch im Herzen spüren wir,
du bist der beste Wegbegleiter hier.
Ein Zauber, so find ich, umgibt dich ganz rein.
Du gibst deine Kraft an uns alle weiter, wir können uns freun.
Hier stehe ich nun, groß bin ich nicht,
doch weiß ich genau, dich freut mein Gedicht.

Sarah lachte. Es machte ihr Spaß der Raupe zu zuhören. Sie war ein guter Dichter und ihre Worte kamen von Herzen. Sarah und die Raupe saßen noch sehr lange auf dem Stein. Sie hatten eine sehr schöne Zeit miteinander.

Sarah und die Raupe verbrachten viele schöne Nachmittage. Oft hörte man sie weit über die Täler hinaus lachen oder singen. Manchmal hörten sogar die Vögel auf zu zwitschern und hörten der Raupe und Sarah beim Dichten zu. Eines nachmittags sagte Sarah: „Du Raupe, als ich dich das erste mal gesehen habe, warst du sehr hässlich. Aber jetzt kenne ich dich und du bist meine beste Freundin. Du bist sehr lustig. Ich habe dich sehr lieb. Du bist nicht mehr hässlich für mich. Ich finde dich sogar wunderschön."

„Hmm", dachte die Raupe, „interessant! Wir, die Tiere sehen ob jemand schön oder hässlich ist, ganz anders als ihr Menschen. Bei uns zählt nur, wie man uns behandelt. Sind die Menschen gut zu uns, dann sind sie sehr schön. Manche Menschen strahlen sogar. Wenn sie aber nicht gut zu uns sind, dann sind sie sehr hässlich. Manche Menschen sehen dann sogar dunkel aus, als ob ihnen Schatten folgen würden.

Hast du schon einmal einen Menschen hübsch gefunden, der mit Absicht einen Regenwurm zertrampelt hat, oder mit Steinen auf Vögel geworfen hat?

Oder hast du schon mal einen Menschen hässlich gefunden, der liebevoll eine Schnecke über die Straße in die Wiese getragen hat. Oder der liebevoll seine Katze gestreichelt hat?"

„Nein, du hast Recht", stellte Sarah nachdenklich fest. Sie schämte sich ein wenig, dass sie so oberflächlich gedacht hatte. Sie war sehr froh, dass die Raupe ihre Freundin war. Sie konnte eine Menge von ihr lernen. Die Raupe war zwar sehr klein, aber sie war viel, viel klüger als sie. Wenn wir Menschen mehr auf die Tiere hören würden, wären wir Menschen viel klüger, dachte sie.

Sarah und die Raupe saßen auf dem großen Stein. Sie saßen einfach nur da und schauten in die Welt hinaus bis es Zeit war, für Sarah nach Hause zu gehen.

Es vergingen einige Nachmittage bis Sarah merkte, dass die Raupe sehr oft müde war. „Was ist los mir dir? Du schaust schon wieder so müde aus. Als wir das letzte Mal verstecken gespielt haben, bist du fast eingeschlafen. Was ist bloß los mir dir?" Sarah schaute die Raupe verzweifelt an. „Bist du krank?", fragte sie besorgt.

Die Raupe schaute Sarah lange an. „Sarah", begann sie „meine Zeit ist langsam um. Ich werde mich bald von dir verabschieden und werde lange schlafen." „Wie lange? Ich werde auf dich warten," rief Sarah mit zitternder Stimme. „Ich weiß nicht, ob ich wieder aufwachen werde. Ich bin nur eine kleine Raupe. Ich hatte das Glück dich kennenzulernen und habe eine tolle Zeit mit dir verbracht. Dafür bin ich dir sehr dankbar. Viele Raupen haben dieses Glück nicht.

Geh nun nach Hause ich muss etwas erledigen. Wir sehen uns morgen." Sarah rannte nach Hause. Ihre Augen waren mit Tränen gefüllt. Nein, nein das kann nicht sein. Ihre beste Freundin, dachte sie immer wieder. Zur selben Zeit baute sich die Raupe eine Hülle. In dieser Hülle würde sie sich morgen zum Schlafen verkriechen.

Am nächsten Tag kam Sarah schon viel früher als sonst. Sie war sehr verzweifelt. Die Raupe wartete schon auf dem großen Stein auf sie.

„Ich will nicht, dass du schlafen gehst. Was soll ich ohne dich machen? Du bist meine beste Freundin", Sarah setzte sich neben die Raupe und schaute sie mit verzweifelten Augen an. „Bitte, bitte geh nicht schlafen", bettelte sie.

Der Raupe wurde es sehr schwer ums Herz. Sie hatte Sarah sehr, sehr lieb.

„Liebe Sarah, auch du bist meine beste Freundin. Behalte unsere Freundschaft im Herzen. Und denke immer daran, ich war die glücklichste Raupe auf der ganzen Welt, denn ich hatte dich als Freundin. Ich habe mir gestern eine Hülle gebaut. Ich werde jetzt da hinein gehen und schlafen. Auf Wiedersehen Sarah." Die Raupe spürte, dass sich ihre Augen mit Tränen füllten. Sie ging zu ihrer Hülle. Sarah weinte. „Auf Wiedersehen Raupe, ich werde dich sehr vermissen." Sarah und die Raupe hatten gar nicht gemerkt, dass alle Vögel, die Eichhörnchen und noch eine Menge andere Tiere da waren. Sie waren alle sehr traurig. Sarah schaute der Raupe zu, wie sie die Hülle schloß. Sie nahm sehr vorsichtig die Hülle in ihre Hand. Sie weinte große Tränen. „Raupe, ich habe dich sehr lieb," sagte sie immer wieder.

Gott hatte die beiden schon lange beobachtet. Er spürte wie gern sie sich hatten und, dass Sarahs Freundschaft mit der Raupe aus reiner Liebe aufgebaut war. Gott hatte eine Idee. Er segnete eine Träne von Sarah. Die Träne ging durch die Hülle der Raupe und als die Träne die Raupe berührte, war es, als ob die Erde aufhörte sich zu drehen. Kein Wind war zu spüren. Kein Geräusch war zu hören. Es war, als ob es in diesem Moment keine Zeit gab.

Plötzlich merkte Sarah wie sich die Hülle bewegte. Sie erstarrte. Was war los? Die Hülle bewegte sich mehr und mehr. Heftiger und heftiger. Langsam öffnete sich die Hülle und heraus kam ein wunderschönes Wesen. Es hatte Flügel war aber kein Vogel. Es war größer als eine Fliege. Es hatte zwei große Flügel die in allen Farben schimmerten.

Das Wesen flog von Sarahs Hand auf den großen Stein. Sarah rieb sich die Augen. Verdutzt schaute sie das Wesen an. Plötzlich ließ sie einen Freudenschrei. „Raupe, Raupe bist du das?" An ihren Augen und an ihrem Lächeln hatte sie die Raupe erkannt. „Ja", sagte sie, „Schau wie schön ich bin und ich kann fliegen." „Raupe was ist mit dir geschehen?", wollten die Vögel wissen. Ein Eichhörnchen rief ganz entzückt, „Sie ist keine Raupe mehr. Schaut wie schön sie aussieht."

Alle starrten auf das wunderschöne Wesen.

Das schöne Wesen saß auf dem Stein und schaute Sarah liebevoll an.

„Sarah, durch deine wahre Freundschaft, durch deine Liebe, bin ich so schön geworden. Ich möchte, dass du mir einen neuen Namen gibst."

Alle schauten gespannt zu Sarah. Sarah lachte über das ganze Gesicht. Sie war so glücklich, ihre beste Freundin war wieder da. Sie dachte kurz nach.

„Ich werde dich Schmetterling nennen. Schmetterling ist ein sehr schöner Name, nicht wahr?", fragte sie. „Ja, ich heiße Schmetterling," rief die Raupe in die Welt hinaus. Die Vögel, die Eichhörnchen und alle anderen Tiere klatschten in die Hände.

„Schmetterling, Schmetterling", konnte man es von allen Seiten hören. „Schaut, aus der Raupe ist ein Schmetterling geworden."

Sarah und der Schmetterling mussten laut lachen. Und schon begann der Schmetterling zu dichten:

Kommt und schaut mich an, ihr werdet es kaum glauben,
was durch Liebe alles geschehen kann.
Eine Raupe war ich klein und fein,
nicht besonders schön, aber mein Herz war rein.
Durch die Liebe eines besonderen Menschen,
dem es egal war, wie ich aussah,
bin ich geworden ein Prachtexemplar.
Kommt und staunt, und vergesst nicht,
die Liebe bringt so manches Wunder mit sich.

Alle lachten. Der Schmetterling setzte sich auf Sarahs Schulter, und kitzelte Sarah mit seinen Flügeln am Ohr. Beide waren sehr glücklich.

Gott lächelte vom Himmel. Er beschloss, dass von diesem Tag an, alle Raupen zu Schmetterlingen wurden.

Here on this empty page you can draw your caterpillar

Hier auf dieser leeren Seite kannst du deine Raupe zeichnen.

Edgar the Butterfly

It was a very warm summer day. A butterfly was sitting on a yellow rose. He was a very beautiful butterfly. His wings were orange, yellow, and blue with a hint of black. His name was Edgar.

Edgar watched all the birds. They were playing and singing with each other. He'd watched them so many times, that he knew all their names and songs.

Edgar thought, "I don't have any friends. I would like to have a friend too." So, he decided to look for a friend. He looked around. Oh, here is a snail. He flew to her and asked, "Would you like to be my friend?" The snail answered him, "Yes, sure why not."

"Great! Lets go over to the yellow rose and play," said Edgar very happy. He flew over to the yellow rose. Well, it took the snail a little bit longer. Not just a little bit longer, very, very much longer. But finally the snail was by the yellow rose. The snail was very tired. It was a long walk for her. She said, "Edgar, you should find yourself another friend. I am too slow for you. I am sorry, but I must go to sleep now.

I am very tired from that long walk." And the snail went into her house and started to snore. "Okay," thought Edgar, "tomorrow I will look for a new friend."

Edgar was just finished with his breakfast, when he saw a cat.

Oh, she looks funny. "Hello you! Would you like to by my friend?" ask Edgar. "Yes, lets play!" said the cat. Her name was Molly. She was young, and she loved to play. Edgar flew down to her, and they started playing. But when she swung her paw, it was almost too dangerous for Edgar. Here! She almost hit him again. "Oops, Edgar I am so sorry, but I am to big to be your friend. I can hurt you with my big paw. I think you should look for a new friend. Maybe a friend that is little and can fly." "Yes, I think you are right," said Edgar.

Edgar flew back to the yellow rose. He looked at the birds and thought how lucky they were, because they all had friends. Suddenly Edgar saw a bee.

"Hello you, what are you doing? Would you like to by my friend?" asked Edgar of the bee. His voice sounded very hopeful. The bee looked at him. "Why do you need a friend? Are you not busy?" asked the bee. "Busy with what?" asked Edgar surprised." Well, I don't have time for friends.

I have to work, and to find a lot of pollen to make honey. We are a big, big family, and we have to take care of each other." "I didn't

know that," said Edgar. He made the bee some space, so she could get some pollen from his yellow rose. "Good-bye bee," said Edgar when she was finished.

"Good-bye butterfly," said the bee.

Edgar was alone again. He started to be sad. There are so many animals, but one was too slow, one too big, and another too busy to be his friend. It was not easy to find the right friend.

He was so busy thinking, that he didn't hear the beautiful singing behind him. The snail, the cat and the bee shouted all at the same time, "Look Edgar, behind you!" Edgar turned. He couldn't believe what he saw. Over the other rosebush was a beautiful butterfly girl. Her wings were orange and blue with a yellow that was almost gold. She was singing a song and her voice was very pretty. She stopped singing. Edgar and the butterfly girl looked at each other. She said to Edgar, "Hello, my name is Emily. Would you like to be my friend?" "Oh Emily, it would be my honor to be your friend," said Edgar as he flew to her.

They both were sitting on the flower. It was the beginning of a very precious friendship. Now everyday as they play, they tell each other stories, they sing songs, or they fly into the sunset.

So, if you see two very happy butterflies, maybe it is Edgar and Emily.

Edgar der Schmetterling

Es war ein sehr warmer Sommertag. Ein Schmetterling saß auf einer gelben Rose. Es war ein sehr schöner Schmetterling. Seine Flügel waren orange, gelb, blau und ein bisschen schwarz. Sein Name war Edgar.

Edgar beobachtete die Vögel. Die Vögel spielten miteinander und sangen Lieder. Edgar hatte sie schon so oft beobachtet, sodass er die Namen der Vögel und ihre Lieder auswendig kannte.

Er dachte bei sich, ich habe gar keinen Freund. Ich möchte auch einen Freund haben. Edgar schaute sich um. Wer könnte denn mein Freund sein? Oh, er sah eine Schnecke. Er flog zur Schnecke und fragte: „Möchtest du mein Freund sein?" Die Schnecke antwortete ihm: „Ja, warum nicht." „Toll! Komm wir spielen bei der gelben Rose", sagte Edgar. Er war sehr glücklich und flog zur gelben Rose. Die Schnecke machte sich auf den Weg. Sie brauchte allerdings länger als Edgar. Sie brauchte viel, viel länger als Edgar. Als sie endlich bei der gelben Rose war, war sie sehr müde. Es war ein langer Weg für sie gewesen. Die Schnecke sagte zu Edgar: „Edgar, du suchst dir besser einen neuen Freund. Ich bin viel zu langsam für dich. Es tut mir leid, aber ich muss jetzt schlafen gehen. Es war ein sehr, sehr langer Weg für mich." Und die Schnecke verkroch sich in ihr Haus. Kaum war sie im Haus, konnte man sie schon schnarchen hören.

Okay, morgen werde ich mich nach einem neuen Freund umsehen, dachte Edgar.

Edgar war gerade mit frühstücken fertig, als er eine Katze sah.

Oh, das wäre ein lustiger Freund. „Hallo du! Möchtest du mein Freund sein?", fragte er. „Ja, komm lass uns spielen", sagte die Katze. Ihr Name war Molly. Sie war eine junge Katze und spielte sehr, sehr gerne. Edgar flog zu ihr und sie begannen zu spielen. Aber immer wenn die Katze mit ihrer Pfote ausholte, war es sehr gefährlich für den Schmetterling Edgar. Da! Schon wieder hätte sie ihm fast weh getan. „Oh je Edgar, ich bitte vielmals um Entschuldigung. Aber ich bin zu groß um dein Freund zu sein. Ich möchte dir mit meinen Pfoten nicht weh tun. Ich glaube, du solltest dir einen anderen Freund suchen. Vielleicht einen Freund, der deine Größe hat und fliegen kann."

„Ja, du hast recht", sagte Edgar und flog zu seiner gelben Rose zurück. Er schaute zu den Vögeln und dachte sich, die haben es gut, die haben Freunde.

Plötzlich hörte Edgar eine Biene. „Hallo, was macht du da? Möchtest du mein Freund sein?", fragte er die Biene hoffnungsvoll. Die Biene schaute ihn an. „Warum brauchst du einen Freund. Hast du denn Nichts zu tun?", fragte die Biene. „Was meinst du mit Nichts zu tun. Was machst du?", fragte er erstaunt.

„Ich habe gar keine Zeit für Freunde. Ich muss arbeiten. Ich muss viel Blütenstaub sammeln und dann Honig machen. Wir sind eine sehr große Familie und müssen füreinander sorgen", antwortete sie. „Das wusste ich gar nicht", sagte er und machte der Biene Platz, sodass sie von seiner Rose auch Blütenstaub holen konnte. „Auf Wiedersehen Biene", sagte er als sie fertig war. „Auf Wiedersehen Schmetterling", sagte die Biene.

Edgar war wieder alleine. Er fing an traurig zu werden. Hier waren so viele Tiere, aber die einen waren zu langsam, die einen zu groß und die anderen zu beschäftigt. Es war nicht leicht einen Freund zu finden.

Er war so vertieft in seine Gedanken, dass ihm gar nicht auffiel, dass hinter ihm jemand ein sehr schönes Lied sang. Die Schnecke, die Katze und die Biene riefen wie aus einem Mund: „Schau Edgar hinter dir!" Edgar drehte sich um. Er traute seinen Augen nicht. Auf dem anderem Rosenstrauch saß ein wunderschönes Schmetterlingsmädchen. Ihre Flügel waren orange, blau, und gelb, das wie Gold leuchtete. Sie sang ein sehr schönes Lied, als sie merkte, dass Edgar sie anschaute, hörte sie auf zu singen. Sie sagte zu Edgar: „Hallo, mein Name ist Emily. Möchtest du mein Freund sein?" „Oh, Emily es wird mir eine große Ehre sein, dein Freund zu sein", sagte Edgar und flog zu ihr.

Beide saßen nun auf einer Blume. Es war der Beginn einer langen und tiefen Freundschaft. Nun waren sie jeden Tag zusammen. Sie erzählten sich Geschichten, spielten miteinander, sangen Lieder oder flogen dem Sonnenuntergang entgegen.

Also, wenn du zwei glückliche Schmetterlinge siehst, sind es vielleicht Edgar und Emily.

Here on this empty page you can draw a butterfly.

Hier auf dieser leeren Seite kannst du einen Schmetterling zeichnen.

I will send you a Butterfly

"What was that just now?" the little angel was thinking as he heard two girls laughing. He had just been in heaven talking to his teacher. He asked his teacher how the humans are. His teacher sat to him and answered: "We angels understand a lot and have a huge knowledge. But how the humans sometimes behave or what they say or do, even we do not understand. Many angels go down to the Earth and stay with them. They give them protection and strengthen them if their feelings are weak. The humans are very special creatures. Unfortunately they don't know what lies in them and how great they are."

The little angel was thinking for a while. "I would like to go down to earth for some time, to see how the humans are." "You are an angel, you have wings. You can come and go at anytime", his teacher mentioned.

The little angel was very exited. He said good-by to his family and friends. They all were pleased and wished him lots of great adventures. The little angel sat on a cloud and let him drift. As he saw a big beautiful tree, he laid under the tree and fell asleep.

The laughter of two girls woke him up. He was looking up, and saw two girls playing with a butterfly. The butterfly saw the little angel first and flew to him. "Hello little angel, do you want to play with us?" asked the butterfly. The little angel was happy.

The two girls were Sarah and Kiana. Sarah was a little taller than Kiana.

They had a lot of fun together. It was a beautiful afternoon. The little angel liked it on the Earth. There were so many bright colors and interesting animals.

In the evening they went home all together and the butterfly slept on the left side of Sarah's pillow. The two were very good friends. Kiana made some space for the little angel in her bed.

The next day Kiana wanted to play in the forest. The angel joined her. The two ran, climbed and sang beautiful songs.

They took a brake under the beautiful beech tree. "You know", said Kiana, "there is no better place than nature. Sometimes I ask myself why not more humans appreciate the nature and spend more time there." The angel said: "For us angels, nature is very important. We have some rest here, and fill up new energy. Nature strengthens, heals and leads us."

The two have been sitting there for a while and realized some matters. For example, if humans are under stress, they don't realize how beautiful it is around them.

Often it is the case that one tends to be very selfish and is just thinking of himself. Unfortunately, in that case someone doesn't realize that you hinder yourself, to understand issues, if you don't accept the opinion from someone else.

The angel who could not cry was fascinated about tears. Someone can cry because of happiness or sadness. He couldn't believe it.

Kiana also explained to him, that sometimes you feel better if you cry.

"What are you humans doing to feel better?" the angel asked. "I don't know. If I think, I have been sad long enough and having cried enough, I start singing. You cannot sing and cry at the same time." Kiana explained. The little angel was nodding.

The two didn't realize how late it was already. The sun was petting the mountains with her last rays and the wind was getting colder.

The two started their way back home.

After some days the two went to the city. It was very interesting for the little angel. All the humans and these different cultures. He was very astonished. After a while he asked: "Why do you have so many shops with lots of things no one needs?" "I'm not sure", Kiana answered, "but I think the adults like to decorate. Sometimes it is important, how much they have of something. It doesn't make sense to me, but some adults are like this. "But don't the humans know that it is much easier in life if you do not give the life a material meaning? It doesn't count how much you have, but how you live. For example with satisfaction." "Yes, you might be right", Kiana said. The little angel was thinking by himself: "That must be something my teacher meant that often we do not understand the humans."

Kiana and Sarah loved animals. When they played they were sometimes birds who flew around the world and had great adventures. Or they were wild horses in the mountains. Or they were dolphins and rescued little turtles.

The little angel liked that very much. He explained the two girls: "Animals are not just here for eating. We can learn from them. How empty would the world be without animals? You could not hear birds singing. It would not have little cats you could watch playing. In the oceans it would be colorless and you could not be happy if you see a deer in the forest." "And after all you could not see the miracle, how a caterpillar becomes a butterfly." the butterfly added. They all laughed and nodded.

They went on their way to buy some ice cream.

It was a hot day in May. As the little angel saw the different choices, he couldn't believe it. He thought by himself, here we angles can also learn something.

Kiana and the little angel had been sitting on the bench in front of the house. They just had composed some more songs and had been laughing till their bellies hurts.

The little angel mentioned: "I didn't know that singing can make such great fun, because at my place it is somehow naturally."

Kiana asked: "How does it come that only you are on Earth? Do the other angles not want to know us?"

The angel smiled. That was the last they had learned in class. He was glad, that he had watched carefully and now he could explain it to Kiana: "All humans have a guardian angel, but only few humans can see him. If you concentrate on him you can feel him. The guardian angel helps you and gives you good thoughts. It is just like if he is always beside you, and if you want to know something, he is whispering in your ear. Unfortunately many humans do not hear their angel anymore. They don't believe in us. But for example, if you meet someone who helps you in a situation where you don't see a way out, then often a guardian angel has led you to him or the one has been led to you by your guardian angel. "You humans are never alone."

"You mean we are never alone? Kiana asked. "No, you are never alone. One just has to learn to listen and to feel. The circumstances you call coincidence, is arranged by us with smart intuition. Unfortunately we don't have good access to humans who are in self-pity, because self-pity has also something to do with egoism. If a human has too much compassion with himself, it is like he would show us his fist, instead of giving us his hand. It is easier for us angels to put you on your feet on your hand rather than with your fist."

Kiana was thinking of her Mom. How often she had said, that some of her friends had been sent by angels.

The little angle and Kiana had become very good friends. They learned a lot from each other although they were so different.

On a beautiful summer day they played together at the little creek at the edge of the forest. After a while the angel said: "I think I want to go back home." Kiana looked very long at him and then she said: "I have learned a lot from you. Before I knew you, I would have said no, please stay. But now I know that it is important, that you have to let go friends who you love. I know as well, that we are such good friends that we always keep in touch." The little angel was happy. Yes, we are really good friends", and he looked at Kiana with a deep, sunny smile.

"I would like to give you a gift", he added. "Every time we are connected, I would like to send you something. But I don't know what."

Both were thinking for a while. Then Kiana asked: "How about a butterfly?" That's a great idea!" the little angel exclaimed. "A butterfly, that's what it has to be."

The little angel said good-by to Sarah and her butterfly. He gave Sarah a big hug. Then he turned to Kiana. "I will never forget you. Thank you for everything." "I thank you for this very special friendship", Kiana said. They gave each other a deep hug.

The little angel turned around once more before he went on his way home and said: "Always remember - you are never alone."

In the evening Kiana missed her friend already. She was looking out of the window. The sun was almost behind the mountains when she discovered a beautiful butterfly. She was very happy and knew that the little angel was also thinking of her. And she realized that she was never alone.

Ich schicke dir einen Schmetterling

„Ja was war denn das soeben", dachte sich der kleine Engel als er zwei Mädchen lachen hörte.

Er war gerade noch im Himmel und hatte mit seinem Lehrer gesprochen. Er fragte seinen Lehrer wie die Menschen so sind. Sein Lehrer setzte sich zu ihm und antwortete ihm: „Wir Engel verstehen viel und haben ein großes Wissen. Aber wie die Menschen sich manchmal verhalten oder was sie sagen und tun, verstehen wir oft selber nicht.

Viele Engel gehen auf die Erde und bleiben mit ihnen. Sie geben ihnen Schutz und stärken sie wenn ihre Gefühle schwach sind. Die Menschen sind sehr besondere Wesen. Leider wissen sie oft gar nicht was in ihnen steckt und wie großartig sie eigentlich sind."

Der kleine Engel dacht eine Weile nach. „Ich möchte für eine Zeit lang auf die Erde gehen, und mir die Menschen anschauen." „Du bist ein Engel, du hast Flügel. Du kannst jederzeit kommen und gehen", sagte sein Lehrer.

Der kleine Engel war ganz aufgeregt. Er verabschiedete sich von seiner Familie und seinen Freunden. Sie freuten sich alle mit ihm und wünschten ihm viele tolle Erlebnisse.

Der kleine Engel setzte sich auf eine Wolke und ließ sich treiben. Als er einen großen schönen Baum sah, legte er sich unter den Baum und schlief ein.

Das Lachen von zwei Mädchen weckte ihn auf. Er schaute auf, und sah zwei Mädchen mit einem Schmetterling spielen. Der

Schmetterling sah den kleinen Engel als erstes und flog zu ihm. „Hallo kleiner Engel, möchtest du mit uns spielen?" fragte der Schmetterling. Der kleine Engel freute sich.

Die Mädchen hießen Sarah und Kiana. Sarah war etwas größer als Kiana.

Sie hatten viel Spass miteinander. Es war ein wunderschöner Nachmittag. Dem kleinen Engel gefiel es auf der Erde. Sie hatte so viele bunte Farben und interessante Tiere.

Am Abend gingen sie alle zusammen nach Hause und der Schmetterling schlief auf der linken Seite von Sarahs Kopfpolster. Die Beiden waren sehr gute Freunde.

Kiana machte dem kleinen Engel in ihrem Bett Platz.

Am nächsten Tag wollte Kiana im Wald spielen. Der Engel begleitete sie. Die beiden rannten, kletterten und sangen schöne Lieder.

Sie machten eine Pause unter der schönen Buche. „Weißt du", sagte Kiana, „es gibt keinen schöneren Platz als wie die Natur. Manchmal frage ich mich, warum nicht mehr Menschen die Natur schätzen und mehr Zeit in der Natur verbringen." Der Engel sagte: „Für uns Engel ist die Natur sehr wichtig. Wir ruhen uns hier aus, und tanken neue Energie. Die Natur stärkt, heilt und führt uns."

Die beiden blieben noch lange so sitzen und stellten so manche Sachen fest.

Zum Beispiel, wenn Menschen im Stress sind merken sie gar nicht, wie schön es um sie herum ist.

Oft ist es auch so, dass man sehr egoistisch wird, und man denkt nur noch an sich. Leider merkt man dann gar nicht wie sehr man sich da selber hindert, Dinge zu verstehen, wenn man die Meinung anderer nicht respektiert. Das eigene Ego ist oft der größte Feind des Menschen.

Der Engel der nicht weinen konnte war fasziniert von den Tränen. Mann konnte aus Freude oder aus Traurigkeit weinen. Er konnte es kaum glauben.

Kiana erklärte ihm auch, das es einem manchmal gut tut zu weinen.

„Was macht ihr Menschen um euch besser zu fühlen?" fragte der Engel. „Ich weiß es nicht. Wenn ich der Meinung bin, dass ich lange genug traurig war und genug geweint habe, singe ich. Man kann nicht singen und weinen zur selben Zeit." erwiderte Kiana. Der kleine Engel nickte.

Die beiden merkten gar nicht wie spät es schon war. Die Sonne streichelte die Berge mit ihren letzten Sonnenstrahlen und der Wind wurde kühler.

Die Beiden machten sich auf den Heimweg.

Nach ein paar Tagen gingen sie in die Stadt. Es war sehr interessant für den kleinen Engel. All die Menschen und verschiedenen Kulturen. Er kam aus dem Staunen gar nicht mehr heraus. Nach einer Weile fragte er: „Warum habt ihr so viele Geschäfte mit so vielen Sachen die man nicht braucht?" „Ich bin mir nicht sicher", gab Kiana zur

Antwort, „aber ich glaube die Erwachsenen dekorieren gerne. Manchmal ist es auch wichtig wie viel sie von Etwas haben. Es gibt keinen Sinn, aber so sind manche Erwachsene." „Wissen den die Menschen nicht, dass es im Leben viel einfacher ist, wenn man dem Leben keinen materiellen Sinn gibt? Es kommt nicht darauf an wie viel man hat sondern wie man lebt. Zum Beispiel mit Zufriedenheit." „Ja, da hast du sicher Recht", sagte Kiana. Der kleine Engel dachte bei sich: „Das muss so etwas sein wie mein Lehrer gemeint hat, dass wir die Menschen oft nicht verstehen."

Kiana und Sarah liebten Tiere. Wenn sie spielten waren sie manchmal Vögel die um die Welt flogen und erlebten so manches Abenteuer. Oder sie spielten sie waren wilde Pferde in den Bergen. Oder sie waren Delphine und retteten kleine Schildkröten.

Den kleinen Engel freute das sehr. Er erklärte den beiden Mädchen: „Tiere sind nicht nur zum essen da. Mann kann viel von ihnen lernen. Wie leer wäre es auf der Erde ohne Tiere. Mann würde keine Vögel singen hören. Es gäbe keine jungen Katzen denen man beim spielen zusehen konnte. Im den Ozeanen wäre es farblos und man könnte sich nicht freuen, wenn man im Wald ein Reh erblickte."

„Und vor allem könnte man das Wunder nicht sehen, wie aus einer Raupe ein Schmetterling wird." fügte der Schmetterling hinzu. Alle lachten und nickten.

Sie machten sich auf dem Weg um Eiscreme zu kaufen.

Es war ein heißer Mai Tag. Als der kleine Engel die verschiedenen Sorten erblickte die es da gab, konnte er es kaum glauben. Man, dachte er bei sich, da können wir Engel ja auch noch was lernen.

Kiana und der kleine Engel saßen auf der Bank vor dem Haus. Sie hatten gerade wieder Lieder erfunden und lachten das ihnen der Bauch schon weh tat.

Der kleine Engel meinte: „Ich wusste gar nicht wie viel Spass es machen kann zu singen. Wir Engel singen auch viel, aber bei uns ist es schon fast selbstverständlich."

Kiana fragte: „Wie kommt es, dass nur du auf der Erde bist? Wollen die anderen Engel uns nicht kennen lernen?"

Der Engel schmunzelte. Das war das Letzte was sie im Unterricht gelernt hatten. Er war froh, dass er so gut aufgepasst hatte und er es Kiana erklären konnte: „Alle Menschen haben einen Schutzengel, aber nur ganz wenige Menschen können ihn sehen. Wenn ihr euch auf ihn konzentriert könnt ihr ihn spüren.

Der Schutzengel hilft euch und gibt euch gute Gedanken. Es ist fast so, als ob er immer neben euch ist und wenn ihr was wissen wollt, flüstert er es euch ins Ohr. Leider hören viele Menschen ihren Engel nicht mehr. Sie glauben nicht an uns. Aber wenn du zum Beispiel jemand kennen lernst der dir in einer Situation hilft wo du keinen Ausweg mehr siehst, dann hat oft dein Schutzengel dich zu ihm geführt oder der jemand wurde vom Schutzengel zu dir geführt. Ihr Menschen seid niemals allein."

„Du meinst ich bin niemals allein?" fragte Kiana nach. „Nein, du bist niemals allein.

Ihr müsst nur lernen zu hören und zu fühlen. Die Gegebenheiten die ihr Zufall nennt, ist von uns mit feinem Fingerspitzengefühl eingefädelt worden. Leider haben wir bei Menschen die sich im Selbstmitleid befinden nur sehr schlechten Zugang, und Selbstmitleid hat auch ein wenig mit Egoismus zu tun. Wenn ein Mensch zu viel Mitleid mit sich selber hat, ist es so, als ob er uns anstatt seine Hand hinzuhalten, uns seine Faust zeigt. Es ist für uns Engel leichter euch an der Hand wieder auf die Füße zu stellen, als wie mit eurer Faust."

Kiana musste an ihre Mama denken. Wie oft hatte sie gesagt, dass bestimme Freunde von ihr von den Engeln geschickt worden sind.

Der kleine Engel und Kiana waren sehr gute Freunde. Sie lernten viel voneinander und doch waren sie so verschieden.

An einem schönen Sommertag spielten sie zusammen am Bach vor dem Waldrand.

Nach einer Weile sagte der Engel: „Ich glaube ich möchte wieder nach Hause." Kiana schaute ihn lange an. Dann sagte sie: „Ich habe viel von dir gelernt. Als ich dich noch nicht kannte, hätte ich gesagt, nein bitte bleib. Jetzt aber weiß ich, dass es wichtig ist, dass man Freunde die man lieb hat gehen lassen muss. Ich weiß auch, dass wir so gute Freunde sind, sodass wir immer in Verbindung bleiben." Der kleine Engel freute sich. „Ja, wir sind wirklich gute Freunde", und er lachte Kiana mit einem tiefen sonnigen Lächeln an.

„Ich möchte dir ein Geschenk machen", meinte er. „Jedes Mal wenn wir in Verbindung sind, möchte ich dir etwas schicken. Aber ich weiß nicht was."

Beide dachten eine Weile nach. Dann fragte Kiana: „Wie wäre es mit einem Schmetterling?"

„Das ist eine hervorragende Idee!" rief der kleine Engel. „Ein Schmetterling, so soll es sein."

Der kleine Engel verabschiedete sich von Sarah und ihrem Schmetterling. Er gab Sarah eine innige Umarmung. Dann drehte er sich zu Kiana. " Ich werde dich nie vergessen. Danke für Alles." „Ich danke dir für diese ganz besondere Freundschaft", sagte Kiana. Beide umarmten sich ganz fest.

Der kleine Engel drehte sich noch einmal um bevor er sich auf den Heimweg machte, und sagte: „Denkt daran, ihr seid niemals alleine."

Am Abend vermisste Kiana ihren Freund. Sie schaute zum Fenster hinaus. Die Sonne war schon fast hinter den Bergen. Da entdeckte sie einen wunderschönen Schmetterling. Sie freute sich sehr und wusste, dass der kleine Engel auch an sie dachte. Und sie wusste sie war niemals alleine.

Here on this empty page you can draw wings.

Hier auf dieser leeren Seite kannst du Flügel zeichnen.

The Butterfly and the Bumblebee

The butterfly just stretched himself towards the fresh morning sun. "Oh, what a beautiful day", he talked to himself. The meadow he had found was full of colorful flowers. The wind blew tenderly through his wings. With a dewdrop on a leaf he washed his face. He went on his way to get nectar from the beautiful flowers. Zing! Boom! Something crashed into him, and he fell on the ground. "Oh, I am so sorry!" the bumblebee was very desperate. I did not see you. Is everything all right? Say something!" "How can I say something when you are always talking? Yes, I'm o.k. And now leave me alone!" the butterfly said irritated.

"Oh that's fine", the bumblebee said and added: "How can you be in such a bad mood on this beautiful day." And off she went.

The butterfly looked to the bumblebee and suddenly he realized something. "Stop, stop, but you can't fly!" he shouted to the bumblebee. The bumblebee turned around surprised and flew back to him. "Why, have I broken a wing? I didn't realize that." "No, no", the butterfly said und looked astonished to the bumblebee. "You are far too, far too", he stammered, "You are far too big and too plump as you could fly with your small wings".

"Pardon me!" the bumblebee exclaimed. "I have never heard that before! I've flown my whole life with these wings", and she looked puzzled at her wings.

The butterfly asked very surprised: "Really, unbelievable. How have you managed to learn how to fly with these wings?"

"I'm just flying without thinking about it. But now you have made me doubtful and I have doubts whether I can fly", the bumblebee answered sad. "It is as my doubts would hold me on the ground. As I would have big stones on my legs."

The butterfly was frightened. "What have I done? The bumblebee has to fly with joy to survive."

The butterfly said caring to the bumblebee: "Look at me. Beauty alone is not enough to believe in you. You are flying your whole life with a body which is too big for its wings. The smartest creature cannot explain why you can fly. But you are just doing it!"

You believe so much in you without any doubts, that you can manage something no one can explain. I adore you. You make the impossible happen. And look how small you are for the huge world."

The bumblebee felt a little better. "Yes, you might be right." said the bumblebee thoughtful and a little proud on herself.

"Have you had breakfast?" the bumblebee asked. The butterfly answered: "I just wanted to have breakfast as a very special creature crossed my way. Do you want to find a beautiful flower with me?" "Yes of course! The bumblebee exclaimed.

As the butterfly was flying beside the bumblebee he was thinking by himself: "If you believe in you very hard and without doubts, you can do unexplainable and wonderful things."

Der Schmetterling und die Hummel

Der Schmetterling streckte sich gerade der frischen Morgensonne entgegen. „Ach, ist doch das ein schöner Tag", sagte er zu sich selbst. Die Wiese die er gefunden hatte, war voll mit bunten Blumen. Der Wind wehte ihm zärtlich durch seine Flügel.

Mit einem Tautropfen auf einem Blatt hat er sich sein Gesicht gewaschen.

Er machte sich auf den Weg um Nektar von den wunderschönen Blumen zu holen.

Wusch! Bong! Machte es, und er landete am Boden. Ganz benommen stand er auf.

„Oh, das tut mir ja so Leid!" die Hummel war ganz verzweifelt. „Ich habe dich gar nicht gesehen. Bist du in Ordnung? Sag doch was!" „Wie kann ich was sagen, wenn du ständig redest. Ja, ich bin in Ordnung. Lass mich jetzt in Ruhe!" sagte der Schmetterling genervt. „Oh, alles klar", meinte die Hummel und fügte hinzu: "Wie kann man an so einem schönen Tag nur so schlecht aufgelegt sein."

Und sie flog davon.

Der Schmetterling schaute der Hummel nach.

Plötzlich fiel ihm etwas auf.

„Halt, halt, du kannst doch gar nicht fliegen!" rief er der Hummel hinterher.

Die Hummel drehte sich erstaunt um und flog zu ihm zurück. „Warum, hab ich mir einen Flügel gebrochen?

Habe ich ja gar nicht gemerkt."

„Nein, nein'" sagte der Schmetterling und schaute die Hummel erstaunt an. „Du bist doch viel zu, viel zu", stammelte er, „du bist doch viel zu gross und zu rund als dass du mit deinen kleinen Flügeln fliegen kannst.

„Wie bitte!" rief die Hummel. „Das habe ich ja wohl noch nie gehört! Ich fliege schon mein Leben lang mit diesen Flügeln" und sie schaute verwundert auf ihre Flügel.

Der Schmetterling fragte ganz erstaunt: „Wirklich, kaum zu glauben. Wie hast du bloss mit diesen Flügeln fliegen gelernt?"

„Ich fliege einfach ohne darüber nach zu denken. Aber jetzt hast du mich ganz unsicher gemacht. Jetzt habe ich Zweifel ob ich fliegen kann", sagte die Hummel traurig.

„Es ist so als ob mich mein Zweifel am Boden hält. Als ob ich grosse Steine an meinen Füssen hätte."

Der Schmetterling dachte erschrocken nach. „Was habe ich bloss gemacht. Die Hummel muss fliegen um Spass zu haben und um zu überleben."

Der Schmetterling sagte liebevoll zur Hummel:" Schau mich an. Schönheit allein genügt nicht um an sich zu glauben. Du fliegst schon dein Leben lang mit einem Körper der viel zu gross ist für seine Flügel. Das klügste Wesen auf der Erde kann nicht erklären warum du fliegen kannst. Aber schau dich an, du tust es einfach!

Du glaubst so stark an dich, ohne jeden Zweifel, dass du täglich etwas vollbringst was niemand erklären kann. Ich bewundere dich. Du machst das Unmögliche möglich. Und schau wie klein du bist für die grosse Welt."

Die Hummel fühlte sich wieder etwas besser. „Ja, da hast du wohl Recht." sagte die Hummel nachdenklich und etwas stolz auf sich.

„Hast du schon gefrühstückt?" fragte die Hummel.

Der Schmetterling antwortete: „Ich wollte gerade frühstücken als ein ganz besonderes Wesen mich vom Weg brachte. Möchtest du mit mir eine schöne Blume finden?"

„Ja gerne!" rief die Hummel.

Als der Schmetterling neben der Hummel flog dachte er für sich: „Wenn man ganz fest an sich glaubt ohne Zweifel zu haben, kann man Unerklärliches und wunderbare Dinge vollbringen."

Here on this empty page you can draw a flower.

Hier auf dieser leeren Seite kannst du eine Blume zeichnen.

The Star and the Caterpillar

These events happened on a beautiful spring night.

The owl, in her white feather dress, sat in the treetop of what had become her tree in the forest and waited. She was waiting for the songs of the stars. Night after night she was there. The sun touched the first stars with her long rays and was wishing them a good night before she welcomed the moon and went on her way. Night fell and as the moon illuminated the earth the owl felt that she could see the faces of the stars. Their songs were so clear and bright that her heart was about to burst with joy. She admired the stars for their beautiful singing. Even brother wind quieted himself for a while to listen. The owl thought all stars were happy and had similar dispositions; that they lived in peace in the Universe like one big family. She had no idea that there was one star that never sang along. This star was convinced that he was the only one who could sing and that he sparkled like no other. He did not want to talk to his family no matter how often they tried. He simply considered himself too beautiful to sing along, to laugh or to talk with them.

And so it happened in this beautiful spring night that the star family tried once more to persuade this arrogant star to join in their singing, pleading, "Come on star, sing with us these beautiful and funny songs. You'll have fun singing together about the moon, the sun, and the planets." But the conceited star interrupted them rudely and said, "Oh no, you have no idea about singing. Nobody is listening to you. And any-way who are you singing for?" "We sing for everybody who takes time to listen to us. We sing for all those who get pleasure out of seeing how we sparkle for them in the sky," one of the older stars explained. "Ha!" laughed the conceited star, "I don't see anybody who joins in your happiness. You are only small lights who stand every night in the sky." Lovingly, and strongly believing that the arrogant star did not really mean the words he had just said, the star to his left said, "If you were not so stuck-up, you too would be able to see all the things around you, like the blue planet, Mother Earth. You would know that many beings live there who can see and hear us." Scornfully the arrogant star looked at his family as they began to sing. The moon who had witnessed the conversation thought, "It cannot continue like this. I have to think of something. The behavior of this conceited star is threatening our peace and quiet here in the Universe." It didn't take him long to come up with a plan and he called the sun. Hearing his call she sent the wind to the moon to ask how she could help him. The moon told the wind of his plan who listened gapingly. As soon as the moon was finished talking, the wind swept back to the sun as fast as he could.

In fact, he moved so fast that he whirled around some of the stars and planets before he arrived back at the sun being all churned up inside. "Sun, Sun!" The wind cried and the words came gushing out, "The moon wishes to teach the arrogant star a lesson, and this is his plan. Through the power of his sneezing he wants to send the arrogant star to the blue planet, Mother Earth. So the moon is asking you to tickle his nose with your rays to make him sneeze. Sun, do you think this will work? Will the star survive this fall, for never before has a star dropped to Earth?" The sun laughed when she saw how excited the wind was. While contemplating the moon's suggestion she gently caressed the wind with her rays before she announced, "I think the moon has a good plan. This arrogant star has no friends for he only cares about himself. Why should a star not fall to Earth? Go back to the moon and tell him that I support his plan." Pensively the wind swept back to the moon and delivered the sun's message. It was not long before the moon and the wind saw the long rays of the sun come their way. The moon prepared himself to sneeze. He had to concentrate real hard on his aim, the arrogant star, to make sure that he would not hit someone else. The moon didn't notice the wind's uneasiness. Just as the sun's rays were about three inches from the nose of the moon the wind suddenly howled, "Stop, stop!" The sun was so startled that she cried out. The moon scolded him, "Wind, what has gotten into you! Are you crazy to scream like that!" But the wind pleaded, "Please moon, I beg you. In an emergency, and I mean only in a real emergency, can I help the arrogant star? Please, please! He is so alone and never before has a star fallen to Earth. Please!" The sun and the moon contemplating his request nodded in agreement that the wind could help the star, if absolutely necessary. The sun had a good stretch while the moon focused once more on the arrogant star. For the second time the sun's rays were just about three inches from the moon's nose when the wind interrupted them again although not as loudly as before "Stop, stop!" Pretty annoyed the moon and the sun turned to him. "What is it now?" they both asked at once. "How long should the star stay on Earth before he will be allowed back to join his family?" the wind wanted to know this time. And the moon and the sun both said, "Until he knows who he is." The wind sighed. He was really concerned about the star. On the other hand he was also quite curious to know what would happen to the star on Earth. Wild thoughts like, "Will he survive the fall? Will he ever see the other stars again?" raced through his head. The arrogant star however, had no idea what was about to happen to him. And so it was that the rays of the sun were close to the moon's nose for the third time, and as they came closer and closer the moon's nose tickled already like crazy. And then, suddenly, he sneezed with all of his might and "Whoops!" he hit the arrogant star and it started to tumble and fall towards Earth. Startled by what sounded like a big explosion the star family fell silent wondering what had happened. But before they had time to think any further the moon addressed them in his comforting and strong voice, "The sun and I have sent this star on a journey to teach him a lesson. His destination is the blue planet, Earth. All we can do now is to pray and hope that he will find himself and return to us safely." The stars knew and trusted the wisdom of the moon and agreed they would pray for the star's safe return.

Not knowing what was happening to him the star continued tumbling to Earth when he suddenly felt something soft - the clouds. He bounced two, three times before he continued his fall. He felt the tickling of the leaves of the trees and before he had time to think about anything he landed on something soft, yet hard – a bed of moss. And so it was that the arrogant star had landed on Earth. He felt dizzy still wondering what the heck was happening. All shook up and confused he shouted, "Hello, can anyone hear me?" The owl who had watched his fall had no idea what this was all about and said in a concerned voice "You fell from the sky. Are you hurt?" "Me, fallen from the sky" the star barked at the owl, "You stupid bird! Get out of here! I am the most beautiful star in the sky! It most certainly has to be a mistake that I am in this place. And anyway, where am I?" The mean words of the star baffled and scared the owl. "You are on Earth, and I am not a stupid bird," the owl answered before taking off in a huff. Shaking her head she thought, "This has to be a mistake!" Curious to know how these strange happenings would pan out she decided to sit in her tree and watch.

The star is on Earth

Slowly the star recovered from his fall. He was so busy cleaning himself he did not even notice that nighttime was approaching. He strongly believed that at any moment he was able to return to his place in the sky. When nothing happened he flew into a rage and shouted, "Hello, I am here. You can come and get me now!" Endlessly he repeated his angry call and the night, who was already watching over Mother Earth, echoed his voice in her silence. But there was no answer. He looked around and saw the owl in the tree listening to the songs of the stars. He followed her gaze, and as he looked at the magnificent sight in the sky the star couldn't help but think, "Up there is my family. I wonder if they have even noticed that I am no longer amongst them?" And as he stood there listening to their songs and watching the moon, the star was suddenly overcome with an emotion he did not know. It was the emotion of loneliness. He felt left behind and all alone asking himself, "What should I do now?" His fury had turned into sadness. He didn't want to be here, and he most certainly did not want for anybody to see him this way. As he looked around for a hiding place he discovered the empty shell of a snail next to a big beech tree. Stumbling over a root he felt tears welling up inside. The shell was not very big and before he crawled into it he looked around to make sure that nobody was watching him. "How embarrassing for a star to live in the shell of a snail," he thought to himself. Exhausted he put his head down and fell into a restless sleep.

Suddenly he heard what sounded like soft little bells ringing. squinting his eyes against the sun he looked out of his shell and her rays greeted him. Just as he was about to crawl out of his shell he heard someone sing. "I live, I live on this wonderful Earth. I look forward to each and every day for it will bring me so many things to better my stay. I am grateful for each day that Mother Earth is giving me. I am filled with happiness and joy." It was a caterpillar who sang while she was searching for a juicy green leaf, which she was going to devour for her breakfast. As she came close to the shell she was curious to find out why there was such a glow coming from the empty shell. Unsuspecting, she looked inside and came face to face with the star who cried out when he saw the big eyes of the caterpillar. Scared by the scream she stared at him and froze before she was able to utter, "You look like a star. What are you doing in the shell of a snail?" "I am a star," he replied grudgingly. "But I am not just any star. I am the most beautiful star of all stars. I live here only temporarily. But who are you?" "I am a caterpillar. Do you want to …"? But the star interrupted her rudely and said in a condescending voice, "Caterpillar, or whoever you are, I want to be left in peace. I did not sleep much, and I do not want to talk to you." The caterpillar taken aback by the star's reaction said, "Well, should you change your mind let me know." And with that the caterpillar went on her way to devour her juicy leaf.

"It is kind of strange, a star living in the shell of a snail. There is something fishy about this," the caterpillar thought as she sat on her rock while a leaf from the beech tree fell right in front of her feet. That was it! She would ask the beech tree for advice. Her friend had already many circles of life and was bound to have been a child of Mother Earth for a long time. She always had time for questions, always had an answer, and was only too happy if she could help someone. "Psst, psst, beech tree, can you hear me?" the caterpillar whispered. "Of course I can hear you," the beech tree bellowed softly. She enjoyed the caterpillar's visits and inquired, "What's up?" The caterpillar straightened herself up and began to report. "This morning on my way to breakfast I have made a strange discovery. A star is living in the empty shell of a snail. The star claims that he will be on Earth only for a short time. Why does a star fall from the sky? And imagine he told me he didn't want to talk to me. Have you ever heard or seen anything like that?" "No, I too have never seen a star living on Earth," the beech tree replied pensively. "Sounds like this star is very arrogant. Until now you have not come into contact with an arrogant being, and coming face to face with this characteristic is a new experience for you. I suggest you simply accept the star the way he is. Now to your question why he fell from the sky? I don't know but I am sure there is a reason for it. The time will pass and the time that is yet to come will unravel this secret." The caterpillar contemplating the words of the beech tree finally asked, "What shall I do now?" and the beech tree suggested, "Simply stay the way you are."

The caterpillar remained seated at the bottom of the beech tree gazing way beyond her branches and leaves and thinking, "One day I will be a butterfly, then I can fly between the leaves and observe their beauty from all sides." Lost in her own thoughts she stayed there until night fell and it was time to go to her sleeping place.

The star however, had remained in his shell all day long and only when night approached did he dare to peek out of his shell. Dispirited he looked up into the sky and realized that nobody would come to get him. "Who would miss me?" he thought with a twinge in his stomach. "I do not have any friends." Wistfully he listened to the songs of the stars before he finally fell asleep.

What are you doing on the rock, caterpillar?

The next morning the caterpillar again passed the shell of the snail wishing the star a beautiful day and went in search of a juicy green leaf. There was no answer from the star. In the afternoon the caterpillar sat on her rock and enjoyed the day.

And so it went on for a couple of days. At first the star felt annoyed that the caterpillar always greeted him but little by little he began to greet the caterpillar too. Oftentimes the star could even be heard humming the song of the caterpillar. However, he never left his shell. Until one warm afternoon when the star decided he wanted to talk to the caterpillar who had just made herself comfortable on her rock. The sun was beaming from the sky, pollen was dancing in the air, and the wind played with the leaves of the beech tree.

"What are you doing on the rock?" the star asked timidly standing right beside her and being fully aware that she might refuse to talk to him after the way he had treated her. The caterpillar however, startled by the sudden visitor, turned to him and replied joyously, "Hello star, I sit on the rock every day because I am learning." "What are you learning?" the star wanted to know. "Well, I learn to live." The star was dumbfounded. "Come," the caterpillar said happily, "Sit next to me and I will show you," and with that the caterpillar moved to the side and made room for the star to sit down. "Tell me star, what do you see?" The star thought really hard but couldn't come up with an answer. Aware of his confusion the caterpillar elaborated by saying, "Let me help you. When I want to learn about something I look all around me. Every day I watch something different. Today I am studying the sun. I realize the sun appears everyday, she gives out warmth, and provides light for us. What can I learn from the sun: Whenever she is here she beams." Eager to learn the star joined the caterpillar in gazing at the sun. All at once they looked and smiled at each other and without saying a word they remained on top of the rock until the sun was about to set. It was only when the first stars began to appear in the sky that the star said quietly, "I am getting cold. Good night caterpillar," and he slid down and went back to the shell of the snail. "Good night star," the caterpillar replied just as quietly and hurried back to her sleeping quarters. And it was the first night that the star fell into a deep and restful sleep right away.

The next morning on her way to breakfast the caterpillar sang again her song "I live, I live on this wonderful Earth. I look forward to each and every day for it will bring me so many things to brighten up my stay. I am grateful for each day that Mother Earth is giving me. I am happy…" when the star suddenly joined in, "I am happy," and both of them burst into laughter. "Good morning, caterpillar. May I join you on the rock?" the star asked hopefully. "But of course. Go right ahead. When I return from breakfast you can tell me what you have observed," the caterpillar said and felt very happy. When she passed the beech tree she was sure that the tree was winking at her. The caterpillar couldn't help but smile. She quickly ate her leaf and went back to the rock where the star was already waiting for her. As she approached the star thought, "What a nice being she is. Of course she is not as beautiful as I am. However, she has something about her that is hard to explain." The star did not know the feeling of joy and happiness, and so he did not realize that looking at the caterpillar made him happy. He was proud that the caterpillar joined him on the rock. And as soon as she sat next to him he had the answer. He had found a friend. Wanting to impress the caterpillar he was searching for something to learn about. But no matter how hard he thought and looked nothing came to mind and after a while he inquired, "Caterpillar what do we learn today? I simply can't think of anything." "Well, I feel the same way," the caterpillar laughed. "But I can tell you what I was just thinking about." The star looked expectantly at the caterpillar who said, "Star, I wish to tell you that it makes me very happy that you are sitting with me on this rock." Her words went straight to the heart of the star and filled him up with great warmth. "I thank you for your kind words and for sharing your time with me," was all the star managed to utter at that moment. The sun was already past her zenith when the star suddenly exclaimed, "I can think of a teaching. We, the stars, call Mother Earth the blue planet. We can see the big oceans but we cannot see the small brooks like the one to the left of the beech tree. And although this stream seems so small and inconspicuous it gives life to all of you who live in this forest. Water is the blood of Mother Earth. Like a silvery thread it wanders, and wanders through the woods. If there are no more brooks and streams we lose the flow of life. If the water is polluted the Earth becomes sick. If there is too much or too little water on Earth, living beings will cease to exist." Awed by the star's teachings the caterpillar said, "Oh, how right you are. Just imagine the woods, the meadows, and the oceans without water. Everything would dry up and die of thirst. The sky would have no more clouds and it could no longer rain. I realize I have always taken the gifts of water for granted but from now on I shall truly honor and treasure them." They were lost in their own thoughts when suddenly someone called behind them. "Hey, you prickly midget. I am the king, and I am the one who rules this kingdom here!" Frightened the star turned to the caterpillar who was laughing so hard that she nearly fell off the rock. It was her friend, the frog. He had a coltsfoot leaf tied around his neck and a twig in his hand, which he whirled around like a sword. By now the laughter of the beech tree and the owl could also be heard way beyond the mountains. The frog marched straight towards the rock exclaiming, "Oh, a guest in my kingdom," and before the star knew it the frog gave him a big hug. Everything happened so quickly that the star simply had no time to run away or to think about whether he wanted to be hugged by a frog. Once the star recovered from his shock and caught his breath he too joined in the laughter. The frog took a bow in front of his audience. The beech tree, the owl, the caterpillar, and the star applauded and gave him a standing ovation. They loved it when the frog came for a visit and performed one of his plays. The caterpillar turned to the star and explained, "The frog always surprises us with his visits. He plays so many different parts. Just imagine, last week he played a sloth, and once he pretended to be a magician. His visits are such a joy for he is a dear friend of ours." Astonished the frog looked into the eyes of the star and inquired, "What does a star do on Earth?" "It's… uh…. it's not… uh…" the star stammered. Now everybody stared at him and he felt so embarrassed that he wished for the ground to open and swallow him. Searching for help he looked at the caterpillar who simply said, "You don't have to tell us. I think it is great that you are here!" As the star looked into their faces he recognized that all of them had that same kind of expression in their eyes like his family when they used to ask him to sing along. "Well, no," the star thought, "I do not want to repeat my past mistakes," and reluctantly and in a trembling voice he began to tell his story. "I have a big family, the stars, but I have no friends in the sky. My family always wanted to be there for me." And as he said this a big tear rolled down his face before he continued, "But I was always too busy with myself to notice that my heart was cold and mean." "So you did fall from the sky?" the owl chimed in. "Yes, and now I know that it was no mistake," the star replied meekly. "Are you homesick?" the owl wanted to know. "Yes, for I want to tell my family that I am sorry, that they sing beautifully, and that I love them. And I wish to apologize to all of them." The star burst into tears and the caterpillar embraced him. The frog had an especially hard time seeing the star in this state for he only knew joy in his life, and so it was he, who said,

"Do not cry star. We will help you." All heads turned to the frog who explained, "Many times the fish have told me that the ocean is closest to the sky and the stars. So go to the ocean and I am sure you will find an answer."

All of them agreed this was a great idea. The star beamed and said, "So you think I can go home again soon?" At this thought the star jumped around in a circle, laughing, and singing repeatedly, "I will go home soon, I will go home soon." Suddenly he stopped and asked, "Where is the ocean?" The beech tree who had listened quietly now spoke and suggested, "Why don't you ask the caterpillar to join you in your search of the ocean. You will find your way." Curiously the caterpillar turned to the beech tree and said, "It sounds like you already know the answer. Don't you want to tell us more?" But the beech tree simply remarked, "Go on your way and look for the ocean. When both of you return we will know if and when the star can go home."

The caterpillar and the star set off

The next morning the caterpillar and the star stood in front of the beech tree, the frog, and the owl. It was time to say their good-byes. The owl began and stated, "I wish you courage and contentment," and with these words she embraced the two wayfarers. "And I wish you joy and spontaneity," the frog pronounced before he too hugged them. "And I give you the knowledge that you are on the right path," the beech tree said. The caterpillar and the star hugged the beech tree especially hard before saying, "We thank each of you for your gifts and shall honor them." And so it was that the caterpillar and the star set off in search of the ocean both filled with love and joy from the gifts they had just received.

The caterpillar and the star meet the ant

They took off towards the East. The star came up with the idea to invent songs and they both sang about what came into their minds and took turns in taking the lead. Oftentimes they laughed so much they had to stop. Amazed at what was on their minds while walking they arrived at the edge of the forest and decided to take a rest just as a busy ant passed by and said, "Good day, don't you have something better to do than to just sit here?" "Oh, yes," the star replied, "We are walking." "Is that all?" the ant responded in a surprised voice and remarked, "One can go for a walk and work at the same time." At that moment another ant appeared from behind a tree. "Ah, my work associate. Have you found something useful in that direction?" "Unfortunately no, that is why I am headed the other way," his colleague replied before hurrying away. The star was curious to know, "Why, and what are you working so hard for?" "We are building a city," the ant replied. "We are a large colony and have a queen; we have many young and old ants, and we all have to take care of one another." "Oh, so all of you enjoy working then?" the star continued his questioning. The ant thought for a moment before she stated. "No, not all of us. Those ants who don't enjoy their work die of unhappiness. Of course, they don't die right away. Since they work all of the time it takes a while before they realize they are not happy. Well, I have to move on now and continue my work." But before the ant could leave the caterpillar had one last question, "Do you enjoy working?" Contemplating her question the ant replied quite truthfully, "I don't know." Excitedly the caterpillar exclaimed, "I have an idea. Why don't you sing while you work and you'll soon notice that working will become easier and more enjoyable." Reflecting on the caterpillar's words the ant said, "Thank you for your suggestion.

I shall remember you for I have a feeling that you just made my life easier." The ant embraced the two of them and went on her way singing a song while the caterpillar and the star looked for a comfortable sleeping place. Excited about their journey they sang and chatted long into the night before they fell asleep.

What are the birds doing?

The next day the sun beamed from the sky as they continued on their way to the ocean. They came to a beautiful valley filled with all kinds of different trees and at some distance they saw a big lake reflecting the clouds in the sky. Feeling very happy they decided to take a rest and watch the birds. How many different kinds there were and what magnificent feather dresses they all had. "You, caterpillar, what are those two birds doing on the tree branch over there?" the star interrupted the silence. The caterpillar saw the two birds but she did not respond. "It looks like the male wants to sit on top of the female although there is enough room for both of them to sit on the big branch. Strange, don't you think?" And the star shouted, "Hey, you there!" He had hardly finished his sentence when the caterpillar dealt him a light blow whispering, "Are you crazy. Let them be." "But the male is bound to hurt the female," the star sputtered. "I just want to tell them that the branch is long enough for both…" But the caterpillar cut in and said, "They know fully well that there is enough room." The star was confused and inquired, "Caterpillar, what is it with you? You have not looked at them once and your cheeks are blushing." The caterpillar realized that she had to explain the facts of life to the star. It was obvious that he had never seen the act of making love. And so she began to explain, "What I am about to reveal to you is the most beautiful miracle on Earth. Those two birds love each other and through the act you are witnessing they show their love and affection for one another. They unite and become one. Their love for each other is so strong that they want to build a house together and wish to have some baby birds. After they make love it won't be long before the female will lay her eggs and when the time is right baby birds will hatch from these eggs. The parents will care for them lovingly until they have learned enough to make a life of their own. When the little birds are ready to leave their nests, they too will look for a partner and join in the circle of giving life." Awed by what he had just heard the star said, "That sounds wonderful. Will the birds love each other for life?" "Not always," the caterpillar carried on explaining, "If they are not happy with their mate they have the right to look for a new love. However, you have to be absolutely certain of the reasons why you would want to leave your partner and look for a new one. There are some birds who feel life has given them the short end of the stick, and they lose respect for their partner. In search of love these confused birds try to mate with many different birds. They simply don't realize that you have to love and respect yourself first before you can love and respect another. The swans are different in that way. Once they have chosen a mate they will stay together for a lifetime. That's why swans are so special. No one should play with the emotions of another or else you run the risk of loosing faith in love itself." Thoughtfully the star said, "Oh, I get it. I guess this also goes for the love for a friend, or a family member. What I hear you say is to respect the feelings of others and to be honest about your own feelings." The caterpillar nodded when suddenly a raindrop landed right in front of her feet. Both of them were so absorbed in their philosophizing that they had not noticed that a thunderstorm was brewing in the sky. Quickly they looked for some cover and saw a cave a few feet away. They managed to reach it just in time not to get soaked in the rain.

The great conductor

In the rocky cave it was very cozy. It was not too big nor was it too small. In fact they both could lay down comfortably and look outside. The rock gave them a feeling of security, warmth and safety. By now a heavy rainstorm raged outside and thunder and lightning filled the sky. "You star," the caterpillar began, "It feels like the wind is playing his music for us, don't you think. He is like a grand conductor playing all kinds of different songs, never missing a note. He plays with the leaves of the trees as much as with the waves of the lake. And it's like thunder and lightning are part of his orchestra."

"Yes, how right you are," the star replied. "I am happy though the wind plays his soft songs first alerting everybody that he is about to give one of his grand performances. That way one has time to seek cover and enjoy listening to his music. He deserves being listened to for he is extraordinary and each piece of his music is unique." Right now it sounded like he was singing about joy, peace, struggle and love.

What does the wolf have to say?

Once the wind quieted down and only the sound of the rain could be heard as they fell asleep. The star was about to turn in his sleep when he briefly opened his eyes and gaped at what he saw. Taken aback he woke the caterpillar and by nodding with his head he pointed to the outside. "What is that?" the star whispered. "That is the white wolf," the caterpillar said piously. "I call him freedom." Spellbound they both looked at the white wolf.

The sight of him was breathtaking. Motionless he sat on a rock his fur gleaming in the full moon. It was like he owned the whole valley. He slowly turned his head and they looked straight into his eyes. These eyes seemed to know everything – the things that you can see and those that lie beyond the seeing eye. Suddenly the wolf moved towards them. Intimidated and scared they both made themselves really small and hardly dared to breathe. The wolf was so close now they could smell his breath. "You should not make yourselves smaller, for nobody, is helped when you duck," he said firmly. "Always remember that each of you is a unique being for nobody is like you caterpillar, and nobody is like you star," the wolf declared before he disappeared. Still digesting his words the star and the caterpillar slowly recovered from their encounter with the magical wolf.

One's own worth

The next day turned out to be very warm. The two wayfarers ran along a stream and talked about this, that and the other. As they started talking about the water they sat on the riverbank and watched the water wandering through the beautiful countryside. Becoming aware that this stream would lead them to the ocean they bowed and thanked him for his help. Neither the star nor the caterpillar suspected that the stream was about to give them another present – the teachings of the snake. As they continued on their way they suddenly saw a long, thin, animal lying in the middle of their path. Frightened they stood still in their tracks. "Well, here you are," the snake greeted them. The caterpillar could hardly disguise her fear of being bitten at any moment and said in a trembling voice, "Looks like you knew we were about to pass by here." While the snake skidded around them not letting them out of her sight the star quickly took the caterpillar's hand so that she would not feel so alone. If the truth were known the star was just as scared as his friend, the caterpillar. Suddenly the snake straightened herself up and looked straight into their eyes hissing, "You don't' deserve to be eaten. You are on the right path. However, to help you on your way I will reveal a special secret to you. So listen carefully. If you believe I am poisonous and that you will die if I should bite you, then you will die. However, if you believe my poison cannot harm you because you are stronger than my poison, then you will live." The caterpillar and the star both looked at each other not trusting their ears. "What was it the snake had said?" raced through their heads. The snake, aware that they did not quite understand the meaning of her words, continued to explain, "Whether you will live or die depends on your opinion of your own worth. If you are self-reliant, if you honor and respect your own life, if you love yourself, and have courage in your hearts nothing from the outside can ever harm you. Listen to the voice within. Recognize your own worth for integrity is within you." The star still did not understand and inquired, "You talk a lot about loving one's self, why?" And the snake went on to say, "If and when you love yourself nobody can harm you for you know who you are. This knowledge makes you strong. You enjoy living from day to day. You take pleasure in sharing things and events with others. You do not want others to suffer let alone bring suffering upon someone else. If you love and respect yourself, you also love and respect the things around you." Eager to understand the snake's teachings the caterpillar asked,

"What is the difference between loving one's self and being arrogant?" and the snake carried on elaborating, "An arrogant being complains when it loses a tooth for it no longer looks attractive. It believes that everything is about looks. A being however, who has love for it-self will laugh in the same situation. It will thank the old tooth and will look forward to welcoming the new one.

This being simply knows about its own values and that it lies within, not on the outside. "Ah," they both said at once, "Now I understand." "And what do I do to have more love for myself?" the star continued his questioning. "Look within yourself. Start to love and respect everything about you. Love each cell and begin right now. Simply love," the snake replied. Curiously the caterpillar looked at the snake and said, "How come nobody has explained this to us before?" The snake laughed, "I am quite sure that you have already heard it before. But as with most other beings you first had to hear it from someone you respect and honor before you were ready to really listen and understand. It is time for me to go. Good luck and take care!" And before she left both said reverently, "Snake, we thank you from the bottom of our hearts for sharing your wisdom with us and shall begin to implement what you have taught us right away." Left with their own thoughts and watching the snake swim upstream until she was out of sight, the star said pensively, "I think I understand the meaning of the snake's teachings. Now I know what I did wrong." Knowingly the caterpillar nodded and added, "Yes, I too understand what the snake was talking about. It's like a veil has been lifted and things seem to be clearer now."

While talking about their adventure with the snake they crossed a meadow covered with beautifully colored flowers. Only when they reached the foot of a big hill and saw the first star sparkling in the sky did they notice how tired they were. "Good night star." "Good night caterpillar," was all they managed to say to each other before both fell into a deep sleep. The wind gently caressed them. He knew how much they needed this rest for unbeknown to them the ocean was just on the other side of this hill.

The web of fear

The soft chimes of the rising sun woke them up. They stretched and were happy to be up in time to watch the sunrise. As they looked at each other they laughed. How beautiful life was. Watching a bee asking a flower for its nectar the caterpillar commented, "The scent of a flower is her breath. The flower is a very important being for all creatures on Earth. She has room for everybody and gives many different beings the opportunity to become friends. She does so by simply standing there and living life to the fullest." The star who had listened attentively confessed, "I have become very fond of Mother Earth. So many beings live here and each seems to be important for the other." It was the first time that he was happy to be on Earth. Before continuing their journey the star exclaimed, "You caterpillar, how about inventing another song?" "That's a great idea. You begin and I will join in," the caterpillar replied happily. They both climbed and climbed up the hill, singing and laughing. Suddenly they came face to face with a huge web.

It moved when they blew on it. That's how close they were to the web. "What is this?" the star whispered. The caterpillar was just about to respond when somebody behind them shouted in a demanding voice, "You two don't wait. Go right into the web. I am hungry." Frightened they turned to where the screeching voice came from and the ugliest being the star had ever seen emerged from behind a rock. It had two big hooks and was covered in hair. It even had eight legs. "Come, come, go right in," this ugly being said in a luring voice. "Who are you?" the star stammered. Taken aback the spider stood still in her tracks aghast that these two beings did not recognize her.

Never before had anyone dared to pose such a question. Suspiciously she eyed the two wayfarers and standing up real tall she pronounced, "I am a spider. And I am telling you that you are afraid and will go into my web right this instant." "But this web is much too beautiful to destroy it," the star replied kindly. "I am sure you worked very hard making it and the caterpillar and I will go around it." This was too much! The spider not trusting her ears screamed on top of her voice, "You midget you!" And like a veil had just lifted from their minds the star and the caterpillar suddenly understood the words of the wolf. Both stood up tall in front of the spider and declared at once, "We will not go into your web. We are sorry that we cannot accommodate your wish but we have our own goal." Never before had someone dared to contradict the spider, and she looked around thinking this had to be a bad dream. She could not believe that these two beings simply had no fear. She tried one last time to lure them into her web all the while shrinking smaller and smaller and said invitingly, "Please, please go into my web. I promise it'll all go very fast." "Sounds like you did not hear us," the caterpillar exclaimed firmly, "We have already chosen our path." The spider felt miserable, for these two beings that she could not stop the two wayfarers she reluctantly lowered her head and stepped aside to let them pass. Standing tall and having overcome all of their fears by believing in themselves the star and the caterpillar went around the web. Admiring its beautiful workmanship from the other side they wished the spider a good day and went on their way. It was at that moment they truly treasured the power of the teachings of the white wolf. Walking along and inventing new songs they enjoyed being alive even more than usual.

The ocean

Finally they reached the top of the hill and were rewarded with the most magnificent view. Right below them the ocean stretched as far as they could see. The air, the sand, everything looked so different. They joined hands and raced down the hill until their feet touched the water. They simply stood there absorbing the vastness and power of the ocean. Speechless they watched, as the sun was about to set. It looked like her rays were caressing the sea for one last time before the sun dipped into the ocean like a big fiery ball. The star greeted the rising moon and listened to his family singing their songs. He really missed them and tears filled his eyes. "Caterpillar, we have reached our destination. And although it looks like the sky is touching Earth, it really isn't like that. We have traveled all this way for nothing," the star stated disappointedly. The caterpillar thought desperately about something comforting to say. All sorts of thoughts raced through her mind as she observed how one of his tears melted with the ocean. And at that very moment they saw a dolphin jumping high into the air glistening against the moonlight and swimming straight towards them. His joyous greeting charmed the star and for a brief moment he forgot about his sadness. The dolphin swam up very close and asked, "Star, why are you crying?" Bravely holding back his tears the star poured his heart out. He told the dolphin about his arrogance, how he had fallen from the sky, how he had met the caterpillar and her friends, and how he and the caterpillar had made this journey to the ocean hoping the sky and the ocean would be so close together that he could go back to his family in the sky. When he finished talking a big tear ran down his face. Excitedly the dolphin cried, "But star, think! The answer to your desire is already in your heart. Through falling from the sky, through your friendship with the caterpillar, and by having made this journey to the ocean you were able to learn about yourself. You are wiser now and you have opened your heart. When the moment is right the vibrations of your happiness and joy will take you back home." "Is it really that simple?" the star asked doubtfully. But the dolphin just smiled and announced, "Yes, it is that simple. Oftentimes the answers to difficult questions are right in front of us. That's why we have such a hard time seeing them." While tears were streaming down their faces they bowed to the dolphin expressing their gratitude for his wisdom and help. Comforted and reassured by what the dolphin had said they joined in with the stars and sang the songs of heaven before they fell asleep.

As usual the first rays of the sun woke them up. As they looked across the ocean they saw the dolphin winking at them. Happily they waved back thanking him once more for his help and kindness. It was time to head home and the star said, "Come, caterpillar, let's go home and tell the beech tree of our adventures. I am sure the owl and the frog are just as curious to learn about our journey." Homeward bound they set off and were looking forward to seeing their friends in the forest. And they both began to sing. "I live on this beautiful Earth. I am enjoying each day that Mother Earth is giving me. I am happy…"

Homeward bound

On their way back home they passed the spider and could hardly trust their eyes when she smiled at them. They noticed she had little dimples in her cheeks and the caterpillar and the star both thought she looked kind of cute. At the spot where they had met the snake a beautiful forget-me-not plant was growing now. They decided to spend the night in the same cave where they had listened to the grand performance of the wind. Just as the caterpillar was about to ask, "Star, do you think the white wolf will show up again?" he appeared out of nowhere and sat on a rock. He looked at them and they smiled at each other. One could tell that he was very proud of them. The next morning they heard the chirping of the birds and as they looked outside they witnessed some baby birds leaving their nest attempting their first flight. The star and the caterpillar cheered and applauded before they went on there way again. Their journey was nearly at an end and as they took one last rest at the edge of the forest they saw an ant coming their way singing and inventing songs. By now, nothing surprised them any longer. They just looked at each other and burst into laughter.

The caterpillar turned to the star and said lovingly, "You know star, if it wasn't for you I would never have learned so much.

I am very grateful to you." "Oh, caterpillar, it is I who am indebted to you. What would I have done and where would I be without your kind and open heart. Chances are I would still be hiding in the shell of a snail." "I guess neither of us is indebted to the other," the caterpillar said pensively. "We were simply there for one another without expecting anything in return. It's the simplest thing in the world and enriches not only your own but also the lives of others." Eager to get home they hastened their pace and when they heard the murmur of the brook their hearts were ready to burst with joy. That's how much they looked forward to seeing their friends again.

Saying good-bye

First they saw the beech tree who waved at them already from afar. Then there was the owl and the frog. There was hugging taking place like no one had ever seen in the forest before. Their hearts were overflowing with joy and happiness. "You can't imagine all of the things we have encountered," the star cried excitedly. "And all that we have seen and heard," the caterpillar joined in. It was simply unbelievable all that was happening in the forest now. Rabbits, deer and foxes, all came to see and hear about the adventures of the two wayfarers. Their ears pricked up all of the forest animals stood there gaping at them and listening closely so as not to miss a word. Just as eager to hear about the adventures of the wayfarers, the bushes and trees urged the wind to carry their stories to them. The star and the caterpillar didn't leave out one detail. From their encounter with the ant to that with the dolphin they told everything. When they were finished the beech tree said, "I am simply delighted that everything went so well." The star climbed on top of the rock where he used to sit with the caterpillar and declared, "I wish to thank each of you. With the help of your love I was able to learn about who I am. I know that I am a star but without you I am nobody. I love you all very much and thank you from the bottom of my heart for all the things you have taught me." He had hardly finished his speech when the wind surrounded them with his special breath. It was his way of expressing his love, and it felt like time had quietly kissed Earth.

The moment had come to say good-bye and the beech tree exclaimed in a strong voice, "Let us all say good-bye to the star for it won't be long before he will be taken back home." Hearing these words the star was overjoyed. He was so eager to see his family again. He hugged each one and when it was the caterpillars turn neither of them could utter a word for both were choked up. But there was no need to talk. Both knew they would remain best friends, it didn't matter how far a way they are from either other. They were certain they would never forget each other. The right moment had finally arrived and ever so softly the wind lifted the star from Earth. He was very proud that he had been given the privilege to bring the star back home. In the sky it looked like a big feast was being prepared. Everything sparkled and singing could be heard all around. As the star looked down once more he saw that all the animals from the forest looked up to him. Even the owl had tears of joy in her eyes. And there was the kindhearted frog who only wanted the best for everyone, the beech tree with her wisdom and beauty, and the caterpillar who stood there gazing at him lovingly. "What a good friend she has become," the star thought and cried, "Caterpillar, I love you and I will never forget you." "I love you too," the caterpillar called back. The star was already high up in the air when he discovered the ocean. "Mother Earth, you are beautiful!" he said reverently. All of the forest beings gaped at the spectacle in the sky and no one, except the beech tree, noticed that the caterpillar crawled away. She felt so alone, and heavy, and was looking for a leaf to wrap herself up in for she just wanted to be alone. The beech tree whispered, "Caterpillar, are you alright?" and she simply replied, "You know beech tree I am so happy for the star. He will always be my friend. On my journey to the ocean I have learned so much. However, I feel so tired now and wish to sleep for a while." The beech tree nodded knowingly while watching how she wrapped herself up in a leaf and fell into a deep sleep. By the time she woke up it was already daytime. Squinting her eyes against the sun she crawled out of her little cocoon. She felt very hungry and was just about to look for a juicy leaf when she heard the beech tree gasp, "Caterpillar, have you looked at yourself?" Startled she realized she had two wings. But she didn't just have any wings. They were painted with the most beautiful colors anyone had ever seen. Excitedly the caterpillar flapped her wings and before she knew it she was flying. Overcome with joy she cried, "I have turned into a butterfly. Look at how beautiful I am!"

Filled with joy she flew all around the leaves of the beech tree and could hardly believe that she was able to fly now. The owl not trusting her eyes stammered, "I have never seen such a magnificent butterfly." The frog clapped his hands and the butterfly circled above his head before she embraced him. All day long the forest beings came to admire her. She could hardly wait for the star family to show up for she wanted to share her joy and beauty with her dear friend, the star. As soon as night fell she flew to the highest leaf of the beech tree hoping the star would see her. The wind came to the butterfly and said, "Let me help you," and with that he carried the butterfly to the star. But news travels fast in the Universe and the star had already heard about her wonderful transformation. Joining in her happiness the sun, the moon, and the stars, all sang the song, which the caterpillar used to sing every morning. Love and happiness filled the air.

And still today, when the star and the butterfly want to see each other, the wind carries the star to Earth or the butterfly up into the sky. And so it is, that they have remained best of friends to this very day.

Der Stern und die Raupe

Es begab sich in einer wunderschönen Frühlingsnacht.

Die Eule im weißen Federkleid saß im Wald auf der höchsten Krone ihres Baumes und wartete. Sie wartete auf den Gesang der Sterne. Abend für Abend.

Die Sonne berührte mit ihren langen Strahlen die ersten Sterne und wünschte ihnen eine gute Nacht, bevor sie den Mond begrüßte und weiter wanderte.

Der Mond leuchtete auf die Erde und die Eule hatte das Gefühl, sie könne die Gesichter der Sterne sehen. Sie sangen so klar und hell, dass einem das Herz vor Freude zu zerspringen drohte. Sie bewunderte die Sterne, die so schön sangen. Sogar Bruder Wind legte sich für eine Weile, um zu lauschen.

Die Eule war der Meinung, dass alle Sterne gleich sind, dass sie in Frieden im Universum lebten wie eine große Familie.

Sie hatte ja keine Ahnung, dass es einen Stern gab der nie mitsang.

Der Stern war überzeugt, dass nur er alleine singen konnte, und nur er strahlte wie kein anderer. Er wollte nicht mit seiner Familie reden, so oft sie es auch versucht hatten, der Stern fand sich zu schön um mit ihnen zu singen, zu lachen oder zu reden.

In jener Frühlingsnacht versuchten die Sterne wieder den eingebildeten Stern zu überreden.

„Komm Stern sing mit uns schöne und lustige Lieder. Es wird dir Spaß machen mit uns zusammen über den Mond, die Sonne und die Planeten zu singen."

„Ach was, ihr habt keine Ahnung vom Singen. Euch hört doch niemand zu. Für wen singt ihr denn?", unterbrach sie der eingebildete Stern.

„Wir singen für alle, die Zeit haben uns zuzuhören. Wir singen für alle, die sich freuen, dass wir am Himmel für sie leuchten." „Ha", lachte der eingebildete Stern „ich sehe aber niemand der sich mit euch freut. Ihr seid doch nur kleine Lichter, die jede Nacht am Himmel stehen." Liebevoll und mit vollem Vertrauen, dass der eingebildete Stern die Worte, die er gerade gesagt hatte nicht so böse meinte, entgegnete der Stern auf seiner linken Seite: „Wenn du deine Nase nicht so hoch oben hättest würdest du zum Beispiel den blauen Planten, die Erde sehen und wissen, dass uns sehr viele Wesen hören und sehen."

Verächtlich schaute der eingebildete Stern zu den anderen, als sie anfingen zu singen.

Der Mond der alles gehört hatte, dachte sich, so kann das nicht weiter gehen. Ich muss mir etwas einfallen lassen. Der eingebildete Stern bringt uns noch um unseren Frieden und um unsere Ruhe hier im Universum. Es dauerte nicht lange, da hatte er einen Plan.

Er rief der Sonne. Diese hörte den Ruf des Mondes und schickte den Wind zum Mond um zu fragen, wie sie ihm helfen könnte. Der Mond erzählte seinen Plan dem Wind. Mit großen Augen hörte dieser zu. Als der Mond alles gesagt hatte, fegte der Wind so schnell es ging zur Sonne. Der Wind war so schnell, dass er einige Sterne und Planeten herumwirbelte und ganz aufgewühlt war, als er bei der Sonne ankam.

„Sonne, Sonne hier ist der Plan vom Mond. Der Mond möchte dem eingebildeten Stern eine Lehre erteilen. Er möchte, dass du ihn mit deinen Strahlen in der Nase kitzelst, sodass er niesen muss. Er möchte, dass der eingebildete Stern durch sein Niesen auf den blauen Planeten, die Erde fällt. Sonne, meinst du das wird gut gehen? Wird der Stern überleben? Es ist noch nie ein Stern auf die Erde gefallen."

Die Sonne musste lachen wie aufgeregt der Wind war. Sie streichelte ihn zärtlich mit ihren Strahlen und überlegte eine Weile. „Weißt du, ich glaube der Mond hat einen guten Plan. Der eingebildete Stern hat keine Freunde. Er kennt nur sich. Warum sollte nicht auch mal ein Stern auf die Erde fallen. Gehe zurück zum Mond und richte ihm aus, dass ich einverstanden bin. Nachdenklich fegte der Wind zum Mond und überbrachte ihm die Botschaft. Es ging nicht lange, da sahen der Mond und der Wind die langen Sonnenstrahlen in ihre Richtung kommen.

Der Mond bereitete sich auf sein Niesen vor. Er musste sich beim Zielen sehr konzentrieren, dass er nicht einen anderen Stern traf. Der Mond merkte gar nicht wie nervös der Wind war. Für die Sonnenstrahlen waren es nur noch drei Zentimeter bis zur Mondnase.

„Halt, Stopp!" schrie plötzlich der Wind. Die Sonne erschrak so, dass sie einen Schrei abließ. Der Mond schimpfte: „Wind was ist denn ihn dich gefahren! Bist du verrückt so zu schreien?"

Der Wind flehte: „Ich möchte euch bitten, dass ich im Notfall, wirklich nur im Notfall, dem eingebildeten Stern helfen kann. Bitte, bitte. Er ist so alleine und es war noch nie ein Stern auf der Erde. Bitte, bitte."

Die Sonne und der Mond schauten sich lange an. Dann nickten beide. Das bedeutete, dass der Wind dem Stern helfen durfte. Die Sonne reckte sich und streckte sich. Der Mond konzentrierte sich auf den eingebildeten Stern. Die Sonnenstrahlen waren nur drei Zentimeter vor der Mondnase. „Halt, Stopp", schrie der Wind nicht mehr so laut wie vorher. Etwas verärgert blickten der Mond und die Sonne zum Wind. „Was ist Wind?", fragten sie wie aus einem Mund. „Wie lange soll der Stern auf der Erde bleiben? Wann darf er wieder zu den anderen Sternen?" Wieder, wie aus einem Mund antworteten der Mond und die Sonne: „Bis er weiß, wer er ist."

Der Wind seufzte. Er war für den Stern sehr nervös. Der Stern hatte ja keine Ahnung, was in den nächsten Minuten mit ihm geschehen würde. Der Wind war auch irgendwie aufgeregt, was der Stern wohl alles erleben würde. Wird er es überhaupt überleben? Wird er die anderen Sterne jemals wiedersehen?

Die Sonnenstrahlen waren jetzt zum dritten Mal vor der Mondnase und kamen näher und näher. Den Mond kitzelte es schon wie verrückt in der Nase. Und plötzlich musste er niesen. Er nieste und traf den eingebildeten Stern.

Der eingebildete Stern purzelte und purzelte. Zur gleichen Zeit verstummten die anderen Sterne. Was war geschehen? Die Sterne waren völlig verblüfft. Bevor sie sich wieder erholt hatten, beruhigte sie der Mond. Mit kräftiger Stimme sagte er: „Die Sonne und ich schicken den Stern auf eine Reise. Sein Ziel ist der blaue Planet, die Erde. Wir alle können nur hoffen, dass er sich selbst findet und zu uns zurückkehrt." Die Sterne waren so erstaunt, dass keiner von ihnen etwas sagte. Sie wussten, der Mond war weise und vertrauten ihm in seinem Tun.

Der eingebildete Stern purzelte auf die Erde zu.

Er wusste immer noch nicht, was mit ihm geschehen war. Plötzlich spürte er etwas weiches. Es waren die Wolken. Auf ihnen federte er zwei bis drei mal bevor er weiter purzelte. Kurz darauf kitzelte ihn das Laub der Bäume. Dann landete er auf etwas hartem und doch weichem. Es war Moos. Der eingebildete Stern war auf der Erde. Ihm war schwindlig. Er wusste nicht was geschehen war? Verwirrt rief er: „Hallo hört mich jemand?"

Die Eule im weißen Federkleid, die seinen Absturz gesehen hatte, aber nicht wusste warum es dazu gekommen war, sagte besorgt: „Du bist vom Himmel gefallen. Hast du dir weh getan?" „Ich und vom Himmel gefallen", schnappte der Stern, „du dummer Vogel, schau dass du weiter kommst. Ich bin der schönste Stern vom Himmel.

Es muss ein Irrtum sein, dass ich hier bin. Wo bin ich eigentlich?"
Die Eule erschrak sehr über die überheblichen Worte des Sterns.

„Du bist auf der Erde, und ich bin kein dummer Vogel", kopfschüttelnd flog sie davon und dachte, es muss wirklich ein Irrtum sein. Ich werde das ganze von meinem Baum aus beobachten.

Der Stern ist auf der Erde

Der Stern hatte sich langsam von seinem Absturz erholt. Er war so beschäftigt, sich sauber zu machen, dass er gar nicht merkte wie es dunkel wurde.

Er war der Meinung, dass er jeden Moment an seinen Platz am Himmel zurückkehren konnte.

Nach einer Weile verließ ihn die Geduld. Er rief: „Hallo, hier bin ich. Ihr könnt mich abholen." Immer wieder und wieder rief er, aber es wollte ihn wohl niemand hören. Er war wütend.

Die Nacht, die jetzt schon über der Erde wachte, ließ seine Stimme in der Stille immer wieder erhallen. Er blickte um sich herum. Auf dem Baum sah er die Eule. Die Eule lauschte dem Gesang der Sterne. Da oben ist meine Familie, dachte der Stern. Ob sie wohl gemerkt haben, dass ich nicht mehr bei ihnen bin? Er schaute zum Himmel hörte ihnen beim Singen zu und beobachte den Mond. Wie herrlich war dieser Anblick. Den Stern überkam ein Gefühl, das er nicht kannte. Es war das Gefühl der Einsamkeit. Er fühlte sich verlassen und alleine.

Traurig schaute er um sich. Was sollte er jetzt machen? Er wollte sich verkriechen. Er wollte nicht hier sein. Er wollte nicht, dass ihn jemand sieht. Neben der großen Buche erblickte er ein leeres Schneckenhaus. Erst als er über eine Wurzel stolperte, spürte er, dass er Tränen in den Augen hatte.

Das Schneckenhaus war nicht besonders groß. Er schaute sich um ob ihn jemand beobachtete.

Es ist sehr beschämend für einen Stern in einem Schneckenhaus zu wohnen, dachte er bei sich. Langsam kroch er hinein. Kaum hatte er sich hingelegt, überkam ihn ein unruhiger Schlaf.

Plötzlich schien es dem Stern als ob er viele kleine zarte Glöckchen spielen hörte. Er blinzelte aus seinem Schneckenhaus und sah den Sonnenaufgang. Er wollte gerade heraus kriechen als er jemanden singen hörte.

„Ich wohne, ich wohne auf dieser schönen Erde, ich freue mich auf jeden Tag, weil er mir sicher viel bringen mag. Ich freue mich auf jeden Tag den Mutter Erde mir gegeben hat. Ich freue mich," sang die Raupe und spazierte zu einem saftigen grünen Blatt, das sie sich als Frühstück gönnen wollte. Als sie kurz vor dem Schneckenhaus war, wunderte sie sich warum es vom leeren Schneckenhaus so herausstrahlte. Nichts ahnend schaute sie hinein. Der Stern ließ einen lauten Schrei als er die großen Augen der Raupe erblickte. Die Raupe, die vom Schrei erschrocken war, starrte ihn wie versteinert an. Als sie wieder zu sich gefunden hatte, fragte sie: „Was tust du in dem Schneckenhaus? Du siehst aus wie ein Stern." „Ich bin ein Stern. Ich bin der schönste Stern von allen", antwortet der Stern und etwas verlegen fügte er hinzu, „und ich wohne nur vorübergehend im Schneckenhaus. Ich bin nur kurze Zeit auf der Erde. Und wenn ich bitten darf, wer bist du?" „Ich bin die Raupe. Möchtest du…". Der Stern unterbrach die Raupe mit einem herablassenden Blick: „Raupe ich möchte jetzt meine Ruhe haben. Ich habe nicht viel geschlafen und möchte mich nicht mit dir unterhalten." „So, so", sagte die Raupe überrascht. „Na ja, solltest du es dir anderst überlegen, lass es mich wissen."

Der Stern ging zurück in sein Schneckenhaus und die Raupe aß in aller Ruhe ihr Blatt.

Etwas seltsam finde ich es schon, dass ein Stern in einem Schneckenhaus wohnt. Irgend etwas stimmt hier nicht, dachte sich die Raupe. Sie setzte sich auf einen Stein.

Ein Blatt der Buche fiel ihr vor die Füße. Das war's. Sie fragte einfach die Buche um Rat, was mit dem Stern los war. Die Buche hatte schon sehr viele Lebensringe. Sie musste schon lange ein Kind von der Mutter Erde sein. Die Buche hatte immer Zeit für Fragen, hatte immer eine Antwort und war glücklich, wenn sie jemandem helfen konnte. „Gs, gs, hallo Buche hörst du mich." „Natürlich höre ich dich Raupe", antwortete die Buche und freute sich, dass die Raupe sie besuchen kam. „Was gibt's?", wollte sie wissen.

Die Raupe richtete sich ganz auf und begann zu berichten. „Heute morgen auf dem Weg zum Frühstück machte ich eine seltsame Entdeckung. Im leeren Schneckenhaus wohnt ein Stern. Der Stern behauptet er sei nur kurze Zeit auf der Erde. Warum fällt ein Stern vom Himmel? Und stell dir vor, er hat gesagt, er möchte jetzt nicht mit mir reden. Hast du das schon mal erlebt?" „Nein das habe ich auch noch nie erlebt", antwortet der Baum nachdenklich, „der Stern ist leider eingebildet. Raupe, du hast noch nie mit eingebildeten Wesen zu tun gehabt. Du kennst diesen Charakter nicht. Es ist eine neue Erfahrung für dich. Akzeptiere den Stern wie er ist. Zur Frage, warum er vom Himmel gefallen ist? Es wird ganz bestimmt einen Grund dafür geben. Die Zeit, die vergehen wird, die Zeit die kommen wird, wird uns dieses Geheimnis lüften." Die Raupe schaute die Buche lange an. „Was soll ich jetzt tun?" fragte die Raupe. „Bleib einfach so wie du bist", antwortete die Buche.

Die Raupe blieb noch lange bei der Buche sitzen. Sie schaute zwischen den Blättern durch und dachte sich, eines Tages werde ich ein Schmetterling sein, dann kann ich die Blätter von allen Seiten betrachten. Als es dunkel wurde machte sich die Raupe auf den Weg zu ihrem Schlafplatz.

Der Stern war den ganzen Tag im Schneckenhaus geblieben. Als es dunkel wurde schaute er heraus. Der Blick zum Himmel machte ihn sehr traurig. Er war sich sicher, dass ihn niemand holen würde. Aber wem sollte ich schon fehlen, ich hatte ja keine Freunde, dachte er.

Er hörte noch lange dem Gesang der Sterne zu, bis er endlich einschlief.

Was machst du auf dem Stein, Raupe?

Am nächsten Morgen ging die Raupe wieder beim Schneckenhaus vorbei, wünschte dem Stern einen schönen Tag und suchte sich ein saftiges grünes Blatt. Der Stern gab der Raupe keine Antwort. Am Nachmittag setzte sich die Raupe auf einen Stein und genoss denTag. So ging es einige Tage.

Der Stern, dem es am Anfang lästig war, dass die Raupe ihn immer grüßte, fing auch an die Raupe zu grüßen. Manchmal summte sogar der Stern das Lied der Raupe. Er ging aber nie fort von seinem Schneckenhaus.

An einem warmen Nachmittag geschah es dann doch, dass sich der Stern mit der Raupe unterhalten wollte. Die Raupe hatte gerade auf einem Stein Platz genommen und machte es sich bequem. Die Sonne lachte vom Himmel, die Luft war voll mit Blütenstaub und der Wind spielte mit den Blättern der Buche.

„Was machst du auf dem Stein?", fragte der Stern schüchtern. Er stand jetzt neben der Raupe. Den Kopf etwas gesenkt. So als ob er sich schämen würde. Wenn die Raupe jetzt nicht mit mir redet, würde ich das gut verstehen, so wie ich mich der Raupe gegenüber verhalten habe, würde es mich nicht wundern, dachte sich der Stern.

Die Raupe die in ihren Gedanken versunken war, schaute den Stern überrascht an.

„Hallo Stern, ich bin jeden Tag auf dem Stein, weil ich lerne", antwortete die Raupe nach ein paar Sekunden. „Was lernst du", fragte der Stern. „Ich lerne zu leben." Der Stern schaute die Raupe überrascht an. „Komm setz dich zu mir auf den Stein." Die Raupe rutschte auf die Seite und der Stern nahm Platz. „Was siehst du?", wollte die Raupe wissen. Lange überlegte der Stern. „Ich werde dir helfen. Wenn ich auf dem Stein sitze schaue ich mich um. Jeden Tag beobachte ich etwas anderes. Heute beobachte ich die Sonne. Die Sonne wärmt mich. Sie kommt jeden Tag und macht uns Licht. Ich schaue sie sehr lange an. Was ich von der Sonne lernen kann ist: Wenn auch immer die Sonne da ist, dann strahlt sie." Die Raupe und der Stern blickten lange in die Sonne. Nach einer Weile schaute der Stern die Raupe an und die Raupe den Stern. Sie lächelten sich beide zu. Sie saßen noch bis zum Sonnenuntergang auf dem Stein. Keiner von ihnen sagte ein Wort. Als die ersten Sterne am Himmel erschienen, meinte der Stern es wäre ihm kalt und er ging zurück zum Schneckenhaus. „Gute Nacht Raupe", sagte der Stern leise. „Gute Nacht Stern", sagte die Raupe. Es war die erste Nacht, in der, der Stern sofort in einen guten tiefen Schlaf fiel.

Auf dem Weg zum Frühstück sang die Raupe wieder ihr Lied. „Ich wohne, ich wohne auf dieser schönen Erde, ich freue mich auf jeden Tag den Mutter Erde mir gegeben hat. Ich freue mich...". „Ich freue mich", sang plötzlich der Stern mit und beide mussten lachen.

„Guten Morgen Raupe, darf ich mit dir auf den Stein sitzen?", fragte der Stern voller Hoffnung. „Aber natürlich, du kannst schon voraus gehen. Wenn ich vom Frühstücken komme, erzählst du mir was du beobachtet hast", die Raupe freute sich sehr. Sie schaute zur Buche hinüber und es war ihr, als hätte die Buche ihr zugezwinkert. Die Raupe lachte, aß schnell ihr Blatt und kam dann zum Stein, auf dem der Stern schon auf sie wartete.

Der Stern beobachtete die Raupe. Was für ein nettes Wesen die Raupe doch war. Natürlich war sie nicht so schön wir er. Aber die Raupe hatte etwas, das er sich nicht erklären konnte. Er kannte dieses Gefühl nicht, wenn er jemandem ansah, dass der sich freute. Ja, er war sogar stolz, dass die Raupe zu ihm auf den Stein kam. Als die Raupe nun neben ihm saß, erhielt er die Antwort. Er hatte einen Freund gefunden.

Die Raupe und der Stern saßen nun beide auf dem Stein. Der Stern wollte der Raupe imponieren und suchte etwas über das sie heute lernen konnten. Er dachte nach und dachte nach, aber ihm wollte nichts einfallen. „Raupe, über was sollen wir heute lernen? Mir will einfach nichts einfallen." „Mir geht es auch so", lachte die Raupe, „vielleicht sollte ich dir zuerst sagen, an was ich gerade gedacht habe." Beide schauten sich an. „Stern es freut mich sehr, dass du mit mir auf den Stein sitzt", meinte die Raupe. Dem Stern ging ein warmer Hauch ins Herz. Er entgegnete: „Ich danke dir für deine Zeit und deine Worte." Die Sonne war schon an ihrem Mittagspunkt vorbei, als der Stern plötzlich sagte „Mir fällt etwas ein. Wir Sterne nennen die Erde den blauen Planeten. Wir sehen die großen Ozeane, aber das kleine Bächlein links von der Buche können wir nicht sehen. Ihr, die ihr im Wald lebt, braucht es zum Leben, obwohl es unscheinbar ist. Es fließt wie ein silberner Faden durch den Wald. Es fließt und fließt und fließt. Wasser ist das Blut der Erde. Gibt es keine Bächlein mehr, verlieren wir den Fluss fürs Leben. Ist das Wasser schmutzig, ist die Erde krank. Wenn zuviel oder zuwenig Wasser auf der Erde ist, gibt es keine Lebewesen mehr." „Ja du hast Recht. Stell dir die Wälder, Wiesen, die Ozeane ohne Wasser vor. Der Himmel hätte keine Wolken mehr. Wie langweilig wäre es hier. Ich werde Wasser nun richtig zu schätzen wissen," sagte die Raupe.

Beide waren in Gedanken versunken als hinter ihnen jemand rief: „So du stechender kleiner Wicht, ich bin der König. Ich werde dir gleich sagen, wer hier was zu sagen hat."

Der Stern erschrak und schaute die Raupe an, die aber vor lauter lachen fast vom Stein fiel.

Es war ihr Freund der Frosch. Er hatte sich ein Huflattichblatt umgehängt und einen Ast in der Hand, den er wie ein Schwert in der Luft herumwirbelte. Die Buche und die Eule hörte man bis weit hinter die Berge lachen. „Oh, ein Gast in meinen Königreich", der Frosch ging geradewegs auf den Stern zu und umarmte ihn. Der Stern hatte gar keine Zeit sich aus dem Staub zu machen. Er hatte nicht einmal Zeit zum Überlegen, ob er sich von einem Frosch umarmen lassen wollte. Als der Frosch ihn wieder losließ und er wieder Luft zum Atmen hatte musste er dann doch noch lachen. Der Frosch verbeugte sich vor seinen Zuschauern.

Die Buche, die Eule, die Raupe und der Stern klatschten und klatschten. Sie liebten es, wenn der Frosch zu Besuch kam und ihnen ein Theater vorspielte. Die Raupe erklärte dem Stern: „Der Frosch kann uns mit seinem Besuch immer überraschen. Er spielt die verschiedensten Rollen. Letzte Woche war er ein Faultier oder er spielt einen Zauberer. Es ist herrlich wenn er zu Besuch kommt. Der Frosch ist ein sehr guter Freund von uns."

Der Frosch schaute dem Stern in die Augen. Verwundert fragte er: „Was macht ein Stern auf der Erde?" „Es ist, es ist", stotterte der Stern. Alle schauten ihn an. Am liebsten wollte er im Boden versinken so schwer fühlte er sich. Hilfesuchend schaute er zu seinem Freund der Raupe.

„Du musst es uns nichts sagen, ich finde es schön, dass du hier bist," sagte die Raupe. Der Stern schaute sich um. Er erkannte, dass seine Freunde den gleichen Ausdruck in den Augen hatten wie seine Familie, wenn sie ihn baten mitzusingen. Nein, dachte sich der Stern, den gleichen Fehler mache ich nicht mehr.

„Ich", begann er, „habe eine große Familie, die Sterne, aber ich habe am Himmel keine Freunde. Sie wollten immer für mich da sein." Dem Stern lief eine große Träne übers Gesicht.

„Leider war ich zu beschäftigt mit mir. Mein Herz war kalt und gemein." „Dann bist du also doch vom Himmel gefallen?" fragte die Eule. „Ja und ich weiß jetzt auch, dass es kein Irrtum war", sagte der Stern. "Hast du Heimweh?" fragte die Eule. „Ja, ich möchte meiner Familie sagen, dass es mir leid tut, dass sie wunderschön singen und dass ich sie liebe. Ich würde mich auch bei allen entschuldigen." Der Stern fing an zu weinen. Die Raupe umarmte ihn. Dem Frosch, der in seinem Leben nur Freude kannte, fiel es besonders schwer diesen Anblick zu ertragen. Er sagte: „Weine nicht Stern. Wir werden dir helfen." Alle schauten zum Frosch. „Die Fische haben mir schon oft erzählt, dass der Ozean den Sternen am nächsten ist."

„Was für einen gute Idee", meinten alle. Der Stern strahlte. „Dann meint ihr, kann ich bald wieder nach Hause gehen." Er hüpfte im Kreis und lachte. „Ich werde bald nach Hause gehen, ich werde bald nach Hause gehen", sang er immer wieder und wieder. Plötzlich bremste er und fragte: "Wo ist der Ozean?" Die Buche, die bis jetzt noch nichts gesagt hatte antwortete: „Frag die Raupe ob sie mit dir geht. Ihr werdet den Weg finden." „Buche es kommt mir so vor, als ob du die Lösung schon gefunden hast. Willst du uns nicht mehr verraten?", fragte die Raupe. „Geht auf den Weg und sucht den Ozean. Ihr werdet beide wiederkommen und dann wissen wir, ob und wann der Stern nach Hause kann," gab die Buche zur Antwort.

Die Raupe und der Stern gehen los

Am nächsten Morgen standen die Raupe und der Stern vor der Buche, dem Frosch und der Eule. Die Zeit um Lebewohl zu sagen war gekommen. Die Eule begann: „Ich möchte euch Mut und Zufriedenheit mitgeben." Sie umarmte die beiden Wanderer. „Ich möchte euch Freude und Spontaneität mitgeben", sagte der Frosch. Er umarmte die beiden Wanderer.

„Ich gebe euch das Wissen mit, dass ihr auf dem richtigen Weg seid", sagte die Buche. Die Raupe und der Stern umarmten die Buche. "Wir danken euch für euere Geschenke und wissen den Wert zu schätzen", sagte die Raupe. Mit viel Liebe und Freude über die Geschenke gingen sie los.

Die Raupe und der Stern treffen die Ameise

Sie gingen Richtung Osten. Der Stern hatte die gute Idee Lieder zu erfinden. So sangen beide das, was ihnen gerade einfiel. Mal der Stern, mal die Raupe. Oft mussten sie stehen bleiben und lachen. Was einem so durch den Kopf ging, wenn man wanderte.

Kurz bevor der Wald aufhörte setzten sie sich um eine Pause zu machen. Eine fleißige Ameise kam vorbei.

„Guten Tag, habt ihr beide nichts zu tun, dass ihr hier sitzt", wollte die Ameise wissen.

„Oh, doch", sagte der Stern, „wir wandern." „Das ist alles? Man kann auch wandern und arbeiten", stellte die Ameise fest. Hinter dem Baum neben ihnen kam eine andere Ameise. „Ah, mein Arbeitskollege. Hast du in dieser Richtung etwas gefunden." „Nein, ich gehe gleich weiter und versuche es in der anderen Richtung", antwortete der Arbeitskollege der Ameise. Sie umarmen sich kurz und die eine Ameise ging weiter.

„Für was arbeitet ihr so viel", wollte der Stern wissen. „Wir bauen eine Stadt", antwortet die Ameise. „Wir sind ein großes Volk und haben eine Königin. Wir haben viele junge und alte Ameisen. Wir müssen Alle für einander sorgen. „Oh, dann arbeitet ihr Alle gerne", meinte der Stern. Die Ameise dachte eine Weile nach: „Nein, nicht Alle. Die Ameisen, die nicht gerne arbeiten sterben, weil sie unglücklich sind. Sie sterben natürlich nicht gleich. Es braucht eine Weile bis sie merken, dass sie nicht glücklich sind, denn sie arbeiten ja immer.

Ich muss jetzt auch wieder arbeiten." „Arbeitest du gerne?", fragte die Raupe. Die Ameise überlegte. „Weiß nicht", antwortete sie.

„Ich habe ein Idee. Singe wenn du arbeitest und es wird dir leichter fallen." Nach langem nachdenken sagte die Ameise: „Danke für deine Idee. Raupe und Stern, ich werde euch nie vergessen. Ihr habt soeben mein Leben erleichtert." Die Ameise umarmte beide und ging singend weiter.

Die Raupe und der Stern suchten sich einen gemütlichen Schlafplatz. Sie sangen und plauderten noch in die Nacht hinein bis sie einschliefen.

Was machen die Vögel

Die Sonne strahlte vom Himmel als sie am nächsten Tag weiter gingen. Sie kamen in ein wunderschönes Tal. Es gab viele Bäume und einen großen See, in dem sich ein paar Wolken spiegelten. Gut gelaunt beobachteten sie die Vögel. Welch prächtiges Federkleid sie doch alle hatten. „Du Raupe, was machen die zwei Vögel rechts von uns auf den Ast?", wollte der Stern wissen. Die Raupe sah die beiden Vögel, gab aber dem Stern keine Antwort. „Es schaut so aus", stellte der Stern fest, „als würde das Männchen auf das Weibchen sitzen wollen. Dabei ist doch genug Platz auf dem großen Ast. Komisch. He ihr da!" rief der Stern zu den beiden Vögel. „Bist du verrückt", die Raupe gab dem Stern einen leichten Hieb. „Lass sie ihn Ruhe." „Aber das Männchen tut dem Weibchen noch weh."

Ich möchte ihnen nur sagen, dass genug Platz ist und..." „Die wissen sehr wohl das genug Platz ist," unterbrach ihn die Raupe. „Raupe was ist los mit dir, du schaust kein einziges Mal hinauf was sie machen und deine Wangen sind errötet", stellte der Stern überrascht fest.

Die Raupe merkte, dass sie den Stern aufklären musste. Er war zu neugierig und hatte anscheinend den Akt der Liebe noch nie gesehen. Sie erklärte dem Stern: „Was ich dir jetzt erkläre, ist das schönste Wunder, das es auf der Welt gibt. Diese beiden Vögel lieben sich. Sie sind sehr zärtlich und liebevoll zueinander. Sie vereinen sich. Ihre Liebe ist so groß, dass sie ein Zuhause bauen und kleine Vögel haben wollen. Nach diesem Akt geht es nicht lange und das Weibchen legt Eier, wo dann Vogelkinder heraus kommen. Das Weibchen und das Männchen werden sich mit viel Liebe um sie kümmern, bis sie alles gelernt haben, was man zum Leben braucht. Wenn die Vogelkinder alles gelernt haben, verlassen sie das Nest und suchen sich einen Partner." „Das ist ja wunderbar. Und die Vögel lieben sich dann ein Leben lang?", wollte der Stern wissen. „Nicht immer. Wenn sie mit dem Partner nicht glücklich sind, haben sie sehr wohl das Recht, eine neue Liebe zu suchen. Man muss sich aber ganz sicher sein, warum man eine neue Liebe suchen will. Es gibt da zum Beispiel sehr komische Vögel. Sie haben das Gefühl im Leben zu kurz gekommen zu sein und haben den Respekt vor dem Partner verloren. Diese komischen Vögel versuchen den Akt der Liebe bei anderen Vögeln aus, merken aber nicht, dass ihnen dazu die Liebe fehlt. Bei den Schwänen zum Beispiel ist es nicht so. Wenn die ihren Partner lieben, sind sie sich sicher und lieben ihren Partner ein Leben lang. Das macht die Schwäne so besonders. Meine Meinung ist, dass man mit den Gefühlen eines Partners nicht schummeln sollte, sonst verliert man das Vertrauen in die Liebe", sagte die Raupe. „Ich habe begriffen. So ist es wohl auch mit der Liebe zu einem Freund, einer Schwester oder eines Bruders. Respektiere die Gefühle des anderen und sei ehrlich zu deinen Gefühlen", stellte der Stern nachdenklich fest. Die Raupe nickte.

Plötzlich landete ein Regentropfen genau vor den Füßen der beiden. Sie hatten nicht bemerkt, dass sich ein Gewitter am Himmel versammelte. Schnell schauten sie sich um und entdeckten ein paar Meter vor ihnen eine Felsenhöhle. Sie rannten los und kamen noch trocken in die Höhle.

Der große Dirigent

In der Felsenhöhle war es sehr gemütlich. Sie war nicht zu groß und nicht zu klein. Beide konnten sich bequem hinlegen und schauten hinaus. Der Felsen gab ihnen ein Gefühl der Geborgenheit, der Wärme und Sicherheit.

Draußen fegte ein kräftiger Wind. Es blitzte und donnerte. „Du Stern, ich habe das Gefühl als ob uns der Wind seine Musik vorspielen möchte. Er ist wie ein großer Dirigent. Er spielt die verschiedensten Lieder und lässt keinen Ton aus. Er spielt mit den Blättern und mit den Wellen des Sees. Und der Donner und der Blitz sind seine Künstler." „Ja du hast recht", stellte der Stern fest, „ich bin froh, dass er mit langsamen Liedern beginnt. So weiß jeder, der Wind wird jetzt Musik machen und man kann sich noch einen Unterschlupf suchen, um ihm zuzuhören. Er verdient es auch, denn es sieht wunderschön aus und jedes seiner Stücke ist einzigartig."

Beide hörten noch lange dem Wind zu und es schien ihnen, als würde er von Freude, Friede, Kampf und Liebe spielen.

Was meint der Wolf?

Als es nur noch regnete schliefen sie ein. Der Stern wollte sich gerade umdrehen. Als er kurz die Augen öffnete, blieb ihm fast die Luft weg. Er weckte die Raupe und zeigt mit einem Kopfwippen nach draußen. Leise fragte er: „Was ist das?" „Das ist der weiße Wolf. Ich nenne ihn auch die Freiheit," sagte die Raupe andächtig. Beide schauten wie gebannt zum weißen Wolf. Sein Anblick war atemberaubend. Er saß fast reglos auf einem Felsen. Sein Fell schimmerte im Vollmond. Man hatte das Gefühl, ihm gehöre das ganze Tal. Als der weiße Wolf den Kopf in ihre Richtung drehte, konnten sie in seine Augen sehen. Diese Augen gaben einem das Gefühl, sie wüssten alles, ob sie es sehen konnten oder nicht. Jetzt kam der Wolf in ihre Richtung. Beide machten sich ganz klein und trauten sich kaum noch zu atmen. Der Wolf war jetzt ganz nahe bei ihnen. Sie konnten seinen Atem riechen. „Ihr solltet euch nicht kleiner machen. Es hilft niemandem, wenn ihr euch duckt. Ihr seid einzigartige Wesen, niemand ist so wie du Raupe und niemand ist so wie du Stern", sagte der Wolf und verschwand. Der Stern und die Raupe erholten sich von dem Erlebnis des Wolfes und dachten noch lange über seine Worte nach.

Der eigene Wert

Der nächste Tag war sehr warm. Die beiden Wanderer liefen an einem Bach entlang und plauderten über dies und jenes. Als sie über das Wasser redeten, setzten sie sich und beobachteten den Bach. Sie wussten beide, dass dieser Bach sie zum Ozean führen würde und dankten dem Bach dafür. Was beide nicht wussten war, dass der Bach die Raupe und den Stern mit einem Gespräch mit der Schlange beschenken würde. Zuerst erschraken sie, als sie das Tier sahen, das mitten in ihrem Weg lag. „Da seid ihr ja", begrüßte die Schlange die Wanderer.

„Es sieht so aus, als ob du wusstest, dass wir hier vorbeikommen", meinte die Raupe mit zitternder Stimme. Sie hatte Angst gleich gebissen zu werden. Der Stern nahm die Hand der Raupe, sodass sie sich nicht alleine fühlte. Die Schlange glitt um die beiden und ließ sie nicht aus den Augen. Sie richtete sich auf und schaute den beiden direkt ins Gesicht. „Ihr verdient es nicht gefressen zu werden. Ihr seid auf dem richtigen Weg. Ich verrate euch nun eine Weisheit wie es euch leichter gehen wird. Wenn ihr glaubt, dass ich giftig bin und euch beiße, so werdet ihr sterben, wenn ihr aber glaubt, dass mein Gift euch nicht tötet, weil ihr stärker seid als mein Gift, werdet ihr nicht sterben." Die Raupe und der Stern sahen einander an. Sie trauten ihren Ohren nicht. Was hatte die Schlange da gesagt?

Die Schlange merkte, dass die beiden den Worten nicht ganz folgen konnten. „Es kommt auf eure eigene Wertung an. Das heißt, wenn ihr es euch Wert seid, weiter zu leben und wenn ihr Selbstliebe und Mut in euch habt, kann euch von außen nichts passieren. Hört auf eure innere Stimme. Seid es euch Wert zu leben. Die Gerechtigkeit ist in euch", erklärte die Schlange.

Der Stern fragte: „Es dreht sich sehr viel um Selbstliebe, warum?" „Wenn du dich selbst liebst, kann man dir nicht weh tun, denn du weißt wer du bist. Es freut dich, in den Tag hinein zu leben. Es freut dich, Dinge oder Situationen mit anderen zu teilen. Du bist stark. Du weißt wer du bist. Du würdest niemandem ein Leid wünschen, geschweige denn antun, den du liebst dich. Das heißt, du liebst auch die Dinge um dich," antwortet die

Schlange. Die Raupe wollte wissen was der Unterschied ist zwischen Selbstliebe und Eingebildetsein. Die Schlange erklärte weiter: „Ein eingebildetes Wesen jammert, wenn es einen Zahn verliert, weil es nicht schön aussieht. Es ist der Meinung, dass sich alles nur um das Aussehen dreht. Das Wesen, das sich selbst liebt, lacht wenn es in den Spiegel sieht, es bedankt sich beim alten Zahn und freut sich auf den neuen. Es weiß, dass es genug andere Werte in sich hat." „Ah", sagten beide „ich verstehe." „Und wie bekomme ich mehr Selbstliebe?", fragte der Stern. „Schaut in euch hinein. Fangt an alles zu lieben was in euch ist. Liebt jede Zelle in euch. Fängt heute noch an. Liebt einfach." „Wir danken dir aus ganzem Herzen, für deine Weisheit und werden es noch heute umsetzen. Aber warum hat man uns das nicht schon früher erklärt?", verwundert schaute die Raupe die Schlange an. Die Schlange lachte: „Ich bin mir sicher, dass ihr es schon irgendwo gehört habt. Aber wie bei so vielen Wesen, musste es euch jemand sagen, vor dem ihr Respekt und Achtung habt, dass ihr euere Ohren öffnet. So, nun wünsche ich euch viel Glück, macht's gut." Die Raupe und der Stern schauten der Schlange zu, wie sie im Bach davon schwamm bis sie nicht mehr zu sehen war. „Hast du das gehört? Ich habe das sichere Gefühl, ich weiß was ich falsch gemacht habe. Ich habe verstanden, was die Schlange gemeint hat", meinte der Stern nachdenklich und nickte. „Ja, ich habe es auch verstanden. Es ist als könnte ich jetzt besser sehen und die Dinge klarer erkennen", fügte die Raupe hinzu.

Sie liefen noch bis zu der Wiese mit den farbenprächtigen Blumen und unterhielten sich über das Erlebnis mit der Schlange. Die Wiese endete an einem großen Hügel. Über den Hügel wollten sie morgen gehen. Der erste Stern war schon am Himmel und sie merkten erst jetzt, wie müde sie waren. „Gute Nacht, Stern." „Gute Nacht, Raupe."

Beide schliefen gleich ein. Der Wind streichelte sie und dachte, sie können den Schlaf brauchen, hinter dem Hügel ist der Ozean.

Das Netz der Angst

Das zarte Glockenspiel des Sonnenaufgangs weckte sie. Sie streckten sich und freuten sich, dass sie den Sonnenaufgang nicht verschlafen hatten. Beide schauten sich an und lachten. Wie schön war doch das Leben. Sie schauten einer Biene zu, die gerade bei einer Blume um Nektar fragte. Die Raupe erklärte dem Stern: „Der Atem der Blume ist ihr Duft. Die Blume ist ein sehr wichtiges Lebewesen für die Erdbewohner. Sie macht aus den verschiedensten Wesen Freunde. Sie hat immer für alle Platz. Dabei steht sie doch nur da lebt und lacht." „Ich habe die Erde sehr lieb gewonnen. Es leben so viele Wesen hier und alle scheinen für den anderen wichtig zu sein", stellte der Stern fest und war zum erstenmal glücklich hier zu sein.

„Du Raupe", fragte der Stern, vor dem ersten Schritt Richtung Berg, „wie wäre es, wenn wir wieder Lieder singen würden." „Das ist eine gute Idee. Du beginnst und ich singe dann mit", entgegnete die Raupe. Sie gingen und gingen und beide sangen und lachten so viel, dass sie völlig erschraken, als vor ihnen plötzlich ein Netz gespannt war. Wenn sie pusteten bewegte es sich, so nahe waren sie am Netz. „Was ist das?", fragte der Stern leise. Die Raupe wollte ihm gerade antworten, als hinter ihnen jemand rief: „Nicht stehen bleiben ihr beiden. Los hinein ins Netz. Ich habe Hunger."

Erschrocken drehten sie sich nach rechts, von wo die Stimme kam. Hinter dem Stein kam das hässlichste Wesen hervor, das der Stern jemals gesehen hatte.

Es hatte zwei große Haken und überall Haare. Es hatte sogar acht Beine. „Los, los hinein mit euch." „Wer bist denn du?", rutschte es dem Stern heraus. Die Spinne blieb stehen. So etwas hatte sie noch nie gehört. Sie musterte die beiden Wanderer. „Ich bin die Spinne und ihr habt jetzt Angst und geht in mein Netz", sagte sie mit voller Überzeugung. „Das Netz ist doch viel zu schön um es zu zerstören. Du hattest sicher viel Arbeit damit. Nein, ich und die Raupe werden schön daran vorbei gehen", entgegnete der Stern. Die Spinne traute ihren Ohren nicht. „Du kleiner Winzling, du!", schrie sie. In diesem Moment wussten der Stern und die Raupe, was der Wolf gemeint hatte. Sie standen beide in voller Größe vor der Spinne und sagten wie aus einem Mund: „Wir wollen jetzt aber nicht ins Netz gehen. Wir haben unser eigenes Ziel. Und du bist uns völlig gleichgültig." Die Spinne hatte so etwas noch nie erlebt. Sie schaute sich um. Nein, es war kein schlechter Traum. Diese beiden hatten einfach keine Angst. Die Spinne wurde immer kleiner und kleiner. Sie versuchte es noch ein letztes Mal: „Bitte, bitte geht doch in mein Netz. Es geht auch alles ganz schnell." „Du hast uns wohl nicht richtig verstanden", sagte die Raupe, „wir haben ein anderes Ziel." Die Spinne fühlte sich sehr elend. Wie konnte sie nur die beiden Wanderer aufhalten. Die Wanderer hatten ein schönes Ziel vor Augen. Mit gesenktem Kopf ging sie zur Seite, sodass der Stern und die Raupe an ihr vorbeikamen. Der Stern und die Raupe gingen an ihr vorbei und betrachteten das Netz noch einmal von der anderen Seite. Es war hervorragende Arbeit. Jetzt, da sie alle Angst mit großer Überzeugung überstanden hatten, wünschten sie der Spinne noch einen schönen Tag. Sie gingen weiter und waren froh, dass sie vom weißen Wolf so vieles gelernt hatten. Sie fingen wieder zu singen an und freuten sich des Lebens.

Der Ozean

Endlich waren sie beim Hügel ganz oben angelangt.

Unter ihnen war der Ozean. Wie prachtvoll war es hier. Die Luft, der Sand, alles schien anders zu sein. Sie hielten sich an den Händen und rannten den Hügel hinunter. Sie rannten so lange bis sie die Füße im Wasser hatten. Der Stern und die Raupe standen nur da und schauten hinaus auf das gewaltige Meer. Es verschlug beiden die Sprache als die Sonne unterging.

Es war als würde ein glühender Ball im Meer eintauchen und die Strahlen würden noch zum letzten Mal das Meer streicheln. Der Stern begrüßte den Mond und hörte seiner Familie beim Singen zu. Er vermißte sie sehr. Tränen sammelten sich in seinen Augen. „Du Raupe, wir sind am Ziel angelangt. Es sieht zwar so aus, als ob der Himmel die Erde berührt, aber leider ist das nicht so. Wir haben die ganze Reise umsonst gemacht." Die Raupe dachte verzweifelt nach wie sie ihm nur helfen könnte. Sie wollte ihm so gerne helfen. Sie beobachtete wie eine Träne vom Stern ins Meer rann. Im selben Augenblick sahen sie einen Delphin im Mondlicht aufspringen. Er kam zu ihnen und begrüßte sie. Der Stern war von dem freundlich Wesen entzückt und vergaß für eine Weile seine Traurigkeit. „Warum weinst du Stern?", wollte der Delphin wissen. Der Stern schluckte tapfer seine Tränen hinunter und erzählte dem Delphin alles was er erlebt hatte. Dass er sehr eingebildet war und vom Himmel gefallen war, dass er die Raupe und ihre Freunde kennengelernt hatte, dass er mit der Raupe die Reise hier her gemacht hatte, weil er hoffte, dass beim Ozean die Erde und der Himmel so nahe beisammen waren, dass er wieder zu seiner Familie gehen konnte. Als er fertig war, lief ihm wieder eine große Träne übers Gesicht. „Aber Stern! Du hast durch deinen Absturz vom Himmel, durch die Freundschaft mit der Raupe und durch die Reise zum Ozean sehr viel gelernt. Dein Verstand ist weiser geworden und dein Herz hat sich geöffnet. Warte auf den richtigen Moment, dann werden dich die Schwingungen des Glücklichseins und der Freude nach Hause bringen", sagte der Delphin.

„So einfach geht das?", fragte der Stern etwas mißtrauisch. Der Delphin lächelte. „Ja, so einfach geht das. Die Antwort auf die schwierigste Frage ist oft sehr, sehr nahe." Der Stern und die Raupe nickten nachdenklich. Beiden liefen Tränen über das Gesicht. Sie waren ihrem Helfer sehr dankbar. Sie plauderten noch eine Weile und sangen mit den Sternen die Lieder des Himmels bis sie einschliefen.

Am nächsten Morgen wurden sie von den ersten Sonnenstrahlen geweckt. Sie blinzelten aus den Augen und schauten über das Meer. Von weitem konnten sie den Delphin sehen, der ihnen zuwinkte. Sie winkten ihm freudig zurück.

„Komm Raupe, lass uns nach Hause gehen und der Buche alles erzählen. Die Eule und der Frosch sind sicher auch schon ganz neugierig." Sie drehten sich noch mal um und dankten dem Delphin.

Sie freuten sich schon auf die Freunde zu Hause im Wald. Und beide sangen: „Ich wohne, ich wohne auf dieser schönen Erde. Ich freue mich auf jeden Tag den die Mutter Erde mir gegeben hat. Ich freue mich..."

Auf dem Heimweg

Auf dem Heimweg kamen sie bei der Spinne vorbei. Sie glaubten ihren Augen nicht zu trauen als die Spinne ihnen zulächelte. Ja, sie hatte sogar Grübchen in den Wangen, wenn sie lächelte. Die Raupe und der Stern stellten fest, dass sie sogar ganz niedlich aussah.

An dem Platz, an dem sie die Schlange getroffen hatten, wuchs eine wunderschöne Vergißmeinnicht Blume. Sie übernachteten in derselben Felsenhöhle, wie damals als ihnen der Wind ein Konzert bot.

„Du Stern, meinst du, wird der weiße Wolf wiederkommen?", kaum hatte die Raupe das gefragt, sahen sie wie er sich auf den Felsen setzte. Er sah sie an. Sie lächelten sich zu. Man konnte es ihm ansehen, dass er sehr stolz auf die beiden Wanderer war.

Am nächsten Morgen hörten sie Vogelgezwitscher. Der Stern und die Raupe durften zusehen wie die Vogelkinder das Nest verließen und die ersten Flugversuche machten. Die Wanderer jubelten und klatschen den Vögeln zu.

Sie waren fast am Ende ihrer Reise und hatten das Waldstück erreicht. Sie machten eine Pause und setzten sich. Als sie eine Ameise kommen sahen und sie singen hörten, waren sie nicht einmal mehr erstaunt. Sie schauten sich an und lachten. „Weißt du Stern", sagte die Raupe, „wenn du nicht gewesen wärst, hätte ich all das nicht erlebt. Ich möchte dir danken. „Ach Raupe, ich stehe tief in deiner Schuld. Was hätte ich ohne deine freundliche und offene Art gemacht. Wo wäre ich geblieben. Wahrscheinlich wäre ich immer noch im Schneckenhaus", meinte der Stern. „Ich glaube wir sind uns beides nichts schuldig. Wir waren einfach für einander da. Das ist die einfachste Sache der Welt. Und es macht sehr viel Spaß", antwortete die Raupe. Sie gingen weiter und als sie das kleine Bächlein plätschern hörten, hatten sie das Gefühl, als würde ihnen das Herz zerspringen, so freuten sie sich auf ihre Freunde.

Der Abschied

Zuerst sahen sie die Buche, die ihnen schon von weitem winkte. Dann kamen die Eule und der Frosch. Es gab ein Umarmen, wie es noch niemand im Wald gesehen hatte. Die Herzen aller waren mit Freude und Glück überschwemmt. „Ihr könnt euch ja gar nicht vorstellen, was wir alles erlebt haben", rief der Stern. „Und gesehen und gehört, es ist unglaublich", fügte die Raupe hinzu.

Es war kaum zu glauben, was nun im Wald los war. Ob Hase, Hirsch oder Fuchs. Alle waren gekommen um zu sehen, wie es den beiden Wanderern ergangen war. Mit gespitzten Ohren und offenem Mund hörten die Waldtiere zu.

Die Bäume und Büsche schienen den Wind zu fragen ob er nicht die Geschichte zu ihnen tragen könne. Auch sie waren sehr neugierig, wie es den beiden ergangen war. Die Wanderer ließen nichts aus. Von der Ameise bis zum Delphin erzählten sie alles.

Als sie fertig waren, sagte die Buche: „Wie freue ich mich, dass alles so wunderbar geklappt hat." Der Stern wollte etwas sehr wichtiges sagen und stand nun auf dem Stein, auf dem er mit der Raupe das erste Mal gesessen hatte. „Ich möchte mich bei allen bedanken. Ihr habt mir so vieles ermöglicht. Ich weiß, dass ich ein Stern bin. Aber ohne euch bin ich ein Niemand. Ich habe euch alle sehr lieb und danke euch aus tiefstem Herzen."

Sogleich ging ein besonderer Windhauch um die Waldbewohner. Es war, als hätte die Zeit die Erde still geküßt. Die Buche sagte mit kräftiger Stimme: „Laßt uns alle vom Stern Abschied nehmen. Er wird bald vom Wind nach Hause getragen."

Der Stern war überglücklich. Er freute sich auf seine Familie. Er umarmte sie alle. Als letztes kam er zur Raupe. Beide konnten nichts mehr sagen, Tränen füllten ihre Kehlen. Aber sie mussten sich auch nichts sagen, sie wussten, dass sie für immer Freunde blieben, egal wie weit weg sie von einander lebten. Sie schauten sich lange an. Dann umarmten sie sich. Der Wind hob sachte den Stern vom Boden weg. Er war sehr stolz, dass er den Stern nach Hause bringen durfte. Am Himmel war es, als ob man ein Fest vorbereitete. Alles glänzte und alle sangen. Der Stern schaute noch einmal hinunter. Er konnte sehen, dass alle Waldbewohner zum Himmel schauten. Die Eule, ja sogar die Eule weinte Freudentränen. Der gutherzige Frosch, der niemandem etwas schlechtes wünschte. Die Buche, wie wunderschön sie ist. Und die Raupe, da stand sie. Welch guten Freund habe ich gewonnen. „Raupe ich liebe dich, ich werde dich nie vergessen", rief der Stern. Und die Raupe flüsterte: „Ich liebe dich auch." Der Stern war schon hoch oben, als er den Ozean entdeckte.

„Mutter Erde, du bist wunderschön!" rief er.

Die Waldbewohner schauten alle zum Himmel und schauten dem Spektakel am Himmel zu.

Keiner merkte, dass die Raupe sich hinter der Buche verkroch. Sie fühlte sich so alleine und schwer. Sie suchte sich ein Blatt um sich einzuwickeln. Sie wollte alleine sein. Die Buche flüsterte: „ Raupe, was ist los." Die Raupe antwortet: „Ach Buche, ich freue mich mit dem Stern. Er wird immer mein Freund bleiben. Ich habe auf der Reise zu dem Ozean so vieles gelernt, dass ich mich von ganzem Herzen mit ihm freuen kann. Ich bin nur so müde geworden und möchte ein bißchen schlafen." Die Buche nickte. Die Raupe wickelte sich in ein Blatt ein und viel in einen sehr tiefen Schlaf.

Als sie wieder aufwachte, war es schon sehr hell geworden. Sie blinzelte zur Sonne und merkte, dass sie hungrig war. Sie ging aus ihrem Blatt heraus und wollte gerade ein saftiges Blatt suchen. Als die Buche vor Entzücken einen Schrei abließ und rief: „Raupe hast du dich schon angesehen." Die Raupe schaute sich an. Was war geschehen. Sie hatte Flügel. Nein, sie hatte nicht einfach Flügel. Sie hatte die herrlichsten Flügel, die man je gesehen hatte. Sie hatten die wunderschönsten Farben. Die Raupe versuchte sie aneinander zu schlagen und sie flog. Voll Freude rief sie: „Ich bin ein Schmetterling geworden! Schaut mich an, wie hübsch ich bin."

Sie flog zu den Blättern der Buche. Sie konnte es kaum glauben. Sie konnte fliegen. Die Eule traute ihren Augen nicht. „So einen wunderschönen Schmetterling habe ich noch nie gesehen", stammelte sie.

Der Frosch klatsche die Hände zusammen. Der Schmetterling flog zum Frosch. Sie umarmten sich.

Den ganzen Tag kamen die Waldbewohner und bestaunten den wunderschönen Schmetterling.

Am Abend, hoffte der Schmetterling sehr, dass der Stern ihn sehen könne. Er flog bis zum letzten Blatt der Buche. Der Wind kam zum Schmetterling: „Ich werde dir helfen." Mit Hilfe des Windes kam er zum Stern. Der Stern hatte schon gehört, dass aus der Raupe ein Schmetterling geworden war. Er freute sich sehr mit dem Schmetterling.

Die Sonne, der Mond und die anderen Sterne sangen das Lied von der Raupe, das sie jeden morgen gesungen hatte. Alle waren glücklich.

Und noch heute, wenn sich der Stern und der Schmetterling sehen wollen, bringt der Wind den Stern auf die Erde oder den Schmetterling zum Himmel. Sie sind noch heute die besten Freunde.

Here on this empty page you can draw what you liked mostly in the story.

*Hier auf dieser leeren Seite kannst du zeichnen,
was dir in der Geschichte am besten gefallen hat.*

Schmetterling	Butterfly
Raupe	Caterpillar
Flügel	Wing
Fühler	Antenna
Körper	Body
Kopf	Head
Haare	Hair
Augen	Eyes
Nase	Nose
Mund	Mouth
Ohren	Ears
Arme	Arms
Hände	Hands
Beine	Legs
Füße	Feet

Sonne	Sun
Stern	Star
Mond	Moon
Himmel	Sky
Erde	Earth
Wolken	Clouds
Wind	Wind
Baum	Tree
Blume	Flower
Blatt	Leaf
Freund	Friend
Wunder	Miracle
und Liebe	and Love

Everybody can see a butterfly, his beautiful look,
But only a few know what's in his mind and can write a book.

Let yourself go through these stories,
Without a care and no worries.

Five stories in English and German you'll find in this book,
It doesn't matter what age you are when you look.

And when you see a butterfly at your door,
Open it, it will show you a few miracles, and sometimes more.

Jeder kann einen Schmetterling sehen,
aber nur wenige können ihn verstehen.

Lass dich entführen in die Welt der Geschichten,
sie werden dir vieles berichten.

In diesem Buch sind in Deutsch und Englisch fünf Geschichten geschrieben,
in die Gross und Klein sich können verlieben.

Und wenn du siehst ein Schmetterling ist vor der Tür,
mach sie auf, er zeigt dir so manches Wunder in dir.

Doris Garrett M.C.L.C

Owner of:
Ocean Soul Life Coaching
Separation Recovery Coach

www.dorisoceansoul.com

www.ingramcontent.com/pod-product-compliance
Lightning Source LLC
LaVergne TN
LVHW051225070526
838200LV00057B/4608